Chouette t'accompagne !

10-11 ANS

CM2

Dictées

Valérie Marienval

Professeure des écoles

Jean-Jacques Rodes

Professeur des écoles

Écris ton prénom.

....

Hatier

PRÉSENTATION

Ce cahier de **dictées** accompagnera votre enfant tout au long de son année de **CM2** pour l'aider à bien intégrer les notions du programme scolaire en **ORHTOGRAPHE D'USAGE**, **HOMONYMES GRAMMATICAUX**, **ORTHOGRAPHE GRAMMATICALE** et **CONJUGAISON** et à savoir les appliquer dans une dictée.

Brice Maï-Lihn Nadir Suzann Paul

Bonjour !

Pour te permettre de progresser rapidement en orthographe, cinq journalistes en herbe vont t'accompagner tout au long de ce cahier. Chacun de leurs reportages, réalisés pour le journal télévisé Téléjunior, correspond à une leçon.

➜ Sur la page de gauche, lis attentivement la **règle** de la leçon dans l'encadré jaune avant de lire **l'histoire** en dessous.

➜ Sur la page de droite, prépare la dictée avec des **exercices** selon trois niveaux de difficulté : ★ facile, ★★ moyen, ★★★ plus difficile pour appliquer ce que tu as appris.
Parfois la Chouette te donne une astuce ou un conseil pour t'aider à les faire.

➜ Les mots ou groupes de mots surlignés sont des pièges que tu dois mémoriser avant de commencer la **dictée** à te faire lire par un adulte ou à écouter en cliquant sur le lien proposé à la fin de chaque leçon.

➜ Après avoir regardé le livret situé au centre du cahier avec les **corrigés** et les **textes des dictées**, tu pourras cocher tes résultats sur le sommaire de la de la page 3.

Ce cahier applique l'**orthographe recommandée** par le ministère de l'Éducation nationale, par exemple : « gouter », « des après-midis »…

SOMMAIRE

Reporte la date à laquelle tu as fini chaque page d'exercices et coche la case ☐ ☐ ☐ qui correspond à ton résultat.

1

ORTHOGRAPHE D'USAGE

Les mots invariables

Un mot invariable est un mot qui ne change **jamais** d'orthographe.
– Il faut donc bien observer les mots invariables et les apprendre par cœur.
– Parmi les différentes natures de mots invariables, on trouve les **prépositions**, les **conjonctions**, les **adverbes**.

De nombreux adverbes de manière se forment avec l'adjectif qualificatif au féminin + le suffixe **« ment »** : chaude/**ment**.

Attention !
Pour les adjectifs en **ant**, l'adverbe s'écrit **amment** : puissant ➜ puiss**amment**.
Pour les adjectifs en **ent**, l'adverbe s'écrit **emment** : patient ➜ pati**emment**.

CONSEILS PARENTS

Entrainez votre enfant à trouver d'autres adverbes qui se forment comme l'exemple proposé : **adjectif au féminin + ment**.
Proposez à l'oral de trier entre les adjectifs en « **ant** » et en « **ent** », puis faites-les transformer en adverbes (étonnant, ardent, méchant ...).

Lis le texte

SILENCE ! ON TOURNE...

Envoyé par *Téléjunior*, Brice se rend sur le tournage d'un film d'action.
Très impressionné, il se faufile précautionneusement jusqu'à la place qu'on lui a attribuée.
Il observe en silence.
Les acteurs écoutent attentivement les conseils du réalisateur avant de jouer la scène.
« Toi, Steve, tu regardes James méchamment puis tu te retournes et tu marches lentement vers la porte.
Quand tu l'ouvres, James bondit sur toi et te projette violemment au sol.
Sonia te sourira tendrement, mais quand tu tenteras de te relever, elle t'assommera avec ce vase.
Ne t'inquiète pas, c'est du plastique. »
Le lendemain, on doit filmer un accident de voiture.
Les cascadeurs vont réaliser leur numéro et Brice est invité…

PRÉPARE TA DICTÉE !

1 Relève les mots invariables du texte et classe-les.

issus d'un adjectif qualificatif en « ment »	autres mots invariables
....	....
....	....
....	....

2 Relie l'adjectif masculin, l'adjectif féminin et l'adverbe en « ment ».

total ●	● brutale ●	● totalement
brutal ●	● totale ●	● grandement
grand ●	● délicate ●	● brutalement
pénible ●	● grande ●	● délicatement
délicat ●	● pénible ●	● péniblement

Lis à voix haute chaque mot, tu entends l'adjectif au féminin dans l'adverbe !

3 Complète les adverbes suivants avec emment ou amment.

sav .... intellig ....

prud .... réc ....

ard .... appar ....

évid .... brill ....

Pense à l'orthographe de l'adjectif qualificatif.

4 Récris les phrases en remplaçant les mots en gras par leur contraire.

1. Tu appuies **rapidement** sur le bouton et la porte s'ouvre **devant** toi.

....

2. On ne pense **jamais trop** à ceux qui vivent **pauvrement**.

....

3. Les élèves entrent **bruyamment** en cours.

....

4. **Avant** le concert, les musiciens mangent **peu**.

....

Pour connaître la suite de l'histoire...

FAIS MAINTENANT LA DICTÉE 1 hatier-clic.fr/chdcm201

CONSEILS PARENTS

Faites souligner les mots invariables.
Faites vérifier l'orthographe de ceux qui sont construits à partir d'un adjectif en « **ent** » ou en « **ant** ».

CORRIGÉS ET DICTÉE P. I-II

ORTHOGRAPHE D'USAGE

2 Les noms terminés par é, té, tié, ié

CONSEILS PARENTS

Faites travailler votre enfant sur la règle générale présentée dans chaque paragraphe pour commencer.
Faites- lui mémoriser les exceptions pour chaque paragraphe de la leçon.

- Les noms féminins terminés par é s'écrivent **ée** :
  une bou**ée** - l'entr**ée**.

Sauf : la cl**é** - la cl**ef**.

- Les noms féminins terminés par té ou tié s'écrivent **é** :
  la beau**té** - l'ami**tié**.

Sauf : une dict**ée** - la mont**ée** - la port**ée** - la jet**ée**,
et les noms exprimant un contenu : une cuiller**ée** - une pellet**ée**…

- Les noms masculins terminés par é, té, tié ou ié s'écrivent le plus souvent **é**, **er** :
  du bl**é** - le goût**er** - le quar**tier** - un cah**ier**.

Sauf : le lyc**ée** - le mus**ée** - un n**ez** - le pi**ed** - un troph**ée**.

Lis le texte

LES DROITS DE L'ENFANT

Nadir organise une émission-débat pour *Téléjunior* sur les droits de l'enfant.
– Dans notre pays dont la devise est : « Liberté, Égalité, Fraternité »,
les enfants n'ont pas le droit de travailler avant 16 ans.
Qu'en pensez-vous ?
« Je suis au lycée et je n'ai que 15 ans, mais je voudrais travailler pendant l'été pour gagner un peu d'argent.
– Moi, j'ai 16 ans. Un boulanger m'emploie le dimanche matin. Je suis payé la moitié du salaire habituel, mais je vais m'offrir un stage de canoë. »
Nadir reprend la parole :
« En France, les enfants sont maintenant protégés par les lois du travail, mais au 19e siècle, ils pouvaient passer des journées de 12 heures à côté d'une machine pour une assiettée de soupe et un salaire de misère. Dans le monde, la Déclaration des droits de l'enfant de 1989 n'est pas toujours respectée… »

PRÉPARE TA DICTÉE !

1 **Classe les noms du texte terminés en (é) dans le tableau.**

féminin		masculin	
....	....	....	....
....	....	....	....
....	....	....	....

Avant de les classer, surligne dans le texte tous les noms se terminant par « é ».

2 **Trouve dix noms de végétaux (arbres, fleurs, etc.) dans la grille et recopie-les avec leur déterminant.**

A	Z	A	L	E	E	U	Z	C
B	P	O	M	M	I	E	R	O
R	O	S	I	E	R	P	G	C
I	V	X	P	L	T	O	I	O
C	Y	R	E	D	C	I	R	T
O	R	A	N	G	E	R	O	I
T	F	H	S	G	J	I	F	E
I	K	M	E	Q	W	E	L	R
E	S	M	E	N	U	R	E	A
R	C	E	R	I	S	I	E	R

....
....
....
....
....
....
....
....
....

Une **pensée** n'est pas qu'une réflexion !

3 **Écris le nom féminin appartenant à la même famille.**

atroce → une .... obscure → l' ....

la lumière → la .... la brouette → une ....

4 **Complète les noms masculins et féminins en (é).**

1. Cette ann...... , un jeune pianiste a obtenu le troph...... aux Victoires de la musique classique. 2. Quand te décideras-tu à me dire la vérit...... ?
3. Nadir a mérité sa bonne note à son expos...... sur la sociét...... française.
4. Plus tard, il sera peut-être conférenci...... dans une universit...... .

Lis d'abord chaque phrase à voix haute, puis choisis la bonne orthographe (tu peux vérifier dans la leçon pour les exceptions).

Pour connaître la suite de l'histoire...
FAIS MAINTENANT LA DICTÉE 2 hatier-clic.fr/chdcm202

CONSEILS PARENTS

Faites entourer les noms en « **é** ».
Demandez à votre enfant d'écrire le genre F ou M en dessous des mots entourés, afin d'ajouter si besoin un **e**.
Attention aux pièges !

CORRIGÉS ET DICTÉE P. I-II

3

ORTHOGRAPHE D'USAGE

Les consonnes doubles

CONSEILS PARENTS

Inventez ensemble un jeu de familles de mots s'écrivant avec une consonne double (ex : terre → terrain, enterrer, territoire...).

• Les consonnes doubles sont souvent :
– entre deux voyelles : une po**mm**e,
– entre une voyelle et une consonne (l ou r) :
sou**ff**ler.

• La consonne finale de certains noms ou adjectifs qualificatifs masculins se double au féminin :
une gro**s/se** cha**t/te**.

• Avec certains préfixes, on double la première consonne du radical :
im/mobile.

• **Attention !** On ne double jamais la consonne qui suit une voyelle accentuée :
la f**ê**te.

Lis le texte

UN SIÈCLE D'INVENTIONS

Paul a retrouvé des numéros du *Petit Journal* datant du 19e siècle.
« Quelle époque étonnante ! » se dit-il.
Comment autant d'immenses inventions ont-elles pu se succéder en si peu de temps ?
D'abord effrayés par le train, les gens finissent par l'apprécier. Les lignes ferroviaires se multiplient, les grandes villes comme Paris s'éclairent au gaz. Les machines à vapeur changent la vie quotidienne, de nouvelles usines apparaissent.
À la fin du 19e siècle, la cadence des découvertes s'accélère : en quelques années, le téléphone, le phonographe, le vaccin contre la rage de Pasteur, accompagnés bientôt de la première voiture en 1889 et du premier avion en 1890, surprennent les journalistes de cette époque.
L'un d'eux raconte…

PRÉPARE TA DICTÉE !

1 Relève les mots du texte contenant une consonne double :

– entre deux voyelles : ....

....

....

....

– entre une voyelle et une consonne : ....

2 Entoure l'intrus, s'il y en a un.

1. des chandelles - la marelle - une selle - il dégèle
2. apprendre - l'hôpital - elle applaudissait - la grippe
3. bonne - sonnantes - il donne - une personne - elle ronronne
4. affolement - défouler - une coiffeuse - officiel - difficile

3 Trouve un mot de la même famille.

un accroc → (verbe) ....

irréel → (féminin) ....

opposer → une ....

trottiner → une ....

illégalement → (adjectif) ....

un appel → (verbe) ....

l'attente → (verbe) ....

vacillante → (verbe) ....

Tu sais déjà écrire tous les mots d'une même famille !

4 Écris le mot qui convient dans chaque phrase.

1. (pâte - patte) Ta .... feuilletée est très réussie !
2. (date - datte) À quelle .... pensez-vous venir ?
3. (arête - arrête) Virginie .... le violon cette année.
4. (goutes - gouttes) Ils n'ont mis que quelques .... de fleur d'oranger mais cela suffit à parfumer le gâteau.
5. (mètre - mettre) Dans quel musée trouve-t-on le .... -étalon ?
6. (sales - salles) L'Olympia reste encore l'une des .... de spectacle les plus prestigieuses de Paris.

Observe : ces mots sont des **homonymes**, seuls l'orthographe et le sens de la phrase font la différence.

Pour connaître la suite de l'histoire...

FAIS MAINTENANT LA DICTÉE 3 hatier-clic.fr/chdcm203

CONSEILS PARENTS

Lorsqu'une consonne est placée entre deux voyelles, faites-la entourer.
Faites choisir l'orthographe qui convient

CORRIGÉS ET DICTÉE P. I-II

4

ORTHOGRAPHE D'USAGE

Les lettres finales muettes

CONSEILS PARENTS

Faites-trouver à votre enfant d'autres mots pour l'entrainer à faire sonner la lettre finale muette en mettant au féminin ou en choisissant un mot de la même famille (début, chant, refus, franc...).

- Une lettre finale muette est une lettre que l'on n'entend pas :
  len**t** - tro**p**.
- Pour trouver la lettre finale muette, on peut :
  – mettre le mot au féminin :
  len**t** ➜ len**te**,
  – trouver un mot de la même famille :
  un sau**t** ➜ sau**ter**,
  – chercher dans le dictionnaire :
  le lila**s**.

Rappel ! La ou les lettres finales muettes sont **aussi** les marques d'accord du verbe et des éléments d'un groupe nominal.

Lis le texte

LE PROFESSEUR MÉDOCK, MÉCANICIEN DU CORPS HUMAIN

Maï-Lihn rencontre le professeur Médock dans un centre de médecine sportive.
« Expliquez-nous comment le corps humain peut se mettre en mouvement.
– C'est compliqué, mais comparons cela avec un moteur de voiture. Il utilise du carburant : l'essence qui explose dans les pistons en présence d'oxygène. Ainsi la voiture se déplace, le moteur chauffe et il rejette des déchets, dont le CO_2, par le pot d'échappement.
– Je ne vois pas le rapport avec nos muscles !
– Notre essence, c'est le sucre des aliments. Le sang l'apporte aux muscles avec l'oxygène que nous respirons.
– Mais, ils n'explosent pas !
– Heureusement, non ! Les sucres s'oxydent, comme s'ils brulaient sans flamme. Ils produisent ainsi notre force, la chaleur de notre corps et des résidus comme le CO_2. »

Pendant ce temps, un athlète pédale sur un vélo d'appartement sans effort, comme s'il roulait sur un terrain plat...

PRÉPARE TA DICTÉE !

1 **Relève dans le texte les mots contenant une lettre finale muette qui ne soit pas une marque d'accord.**

....

....

....

....

2 **La lettre finale muette du 1er mot doit être la 1re lettre du mot suivant ; à toi de les remettre dans l'ordre !**

sursaut - plomb - profit - galop - chocolat - long - sourcil - tronc - tapis - cadenas - trop - tabac - point

drap - ....

....

....

Raye au fur et à mesure les mots que tu utilises pour cette chaîne.

3 **Trouve le féminin ou un mot de la même famille.**

exploit → ....

campagnard → ....

respect → ....

poing → ....

front → ....

bond → ....

puissant → ....

blanc → ....

flot → ....

fusil → ....

4 **Complète la fin des mots.**

1. Un sportif de hau ...... niveau fait de gro ...... effor ...... au quotidien.
2. Pendan ...... qu'elle faisait le réci ...... de ses exploi ...... , je rêvais à d'autres pay ....
3. Florian est arrivé en retar ...... à sa séance d'orientation en forê ....
4. Mamie a fini le premier ran ...... de trico ...... du pull qu'elle veut offrir à son peti ...... fils.
5. Les amis de mes paren ...... ont rempli un consta ...... d'acciden ...... avan ...... d'arriver chez nou ....

Attention aussi aux accords !

Pour connaître la suite de l'histoire...

FAIS MAINTENANT LA DICTÉE 4 hatier-clic.fr/chdcm204

CONSEILS PARENTS

Faites souligner tous les noms et adjectifs de la dictée.
Pour chacun, faites trouver le féminin ou un mot de la même famille afin d'ajouter une lettre finale muette si nécessaire

CORRIGÉS ET DICTÉE P. I-III

5

ORTHOGRAPHE D'USAGE

Le son "ill" (ail, eil, euil, ouil...)

CONSEILS PARENTS

Trouvez ensemble d'autres mots contenant le son « **ill** ».
Faites mémoriser à votre enfant les exceptions.

Le son (j) peut s'écrire de différentes manières :
l'avion - envoyer - une bille

À la fin d'un nom masculin, on écrit **ail**, **eil**, **euil**, **ouil**.
le port**ail** - un cons**eil** - un écur**euil** - le fen**ouil**
Sauf : un portef**euille**, le millef**euille**, le chèvref**euille**, formés avec le nom féminin « feuille ».

À la fin d'un nom féminin, on écrit **aille**, **eille**, **euille**, **ouille** :
la p**aille** - la bout**eille** - les f**euilles** - une citr**ouille**

Attention ! Après les lettres **c** et **g**, on écrit **ueil** :
l'acc**ueil** - l'org**ueil**

Lis le texte

MÉDECINE HUMANITAIRE

Suzann et Nadir ont projeté un film sur la faim dans le monde devant un public d'étudiants en médecine. Ils enregistrent le débat qui suit pour *Téléjunior*.
« Ce film est vraiment incroyable !
– Oui, c'est insupportable de voir des gens mourir de faim !
– Et la bataille contre la misère est loin d'être gagnée.
– C'est vraiment un travail de longue haleine.
– Ce qui est ennuyeux, c'est de ne rien pouvoir faire, à part recueillir des dons.
– De plus, si les terres sont gaspillées pour cultiver des biocarburants, on ne pourra plus envoyer de céréales en Afrique.
– Moi, je suis née en Afrique, alors je vais essayer de m'engager dans une organisation humanitaire pour partir en mission cet été. »

PRÉPARE TA DICTÉE !

1 Classe les mots du texte dans le tableau

Le son « j »		
y	i	ill, ail(le), euil(le)
....	....	....
....	....	....
....	....	....

Avant de les classer, surligne les mots du texte contenant le son « **ill** ».

2 Trouve le verbe correspondant au nom.

un balai → balayer
un emploi → ....
un ennui → ....
un convoi → ....
un appui → ....
un envoi → ....
un essai → ....
la monnaie → ....

3 Observe l'exemple et fais de même.

sommeiller → je sommeille → le sommeil
travailler → .... → ....
conseiller → .... → ....
détailler → .... → ....

4 Complète les mots avec i, y, il/le, ail/le, eil/le, ouil/le, euil/le.

- Vous essa......ez de l'habi......er.
- Le sol......les rév........de très bonne heure.
- Les doigts de p......ed en évent......, il b........jo......eusement dans son faut......
- Nous nous ennu......ons. Allez donc cu........ir des gros........s pour compléter notre pan......er de fruits !
- Elle f........dans son sac à la recherche de son portef........ .

Lis d'abord chaque phrase à haute voix avant de compléter les mots.

Pour connaître la suite de l'histoire...
FAIS MAINTENANT LA DICTÉE 5 hatier-clic.fr/chdcm205

CONSEILS PARENTS
Faites entourer les mots où l'on entend le son « **ill** ».
Demandez à votre enfant de vérifier qu'il ou elle a bien écrit le son qui convient (avec **i**, **y**, **il** ou **ill**).

CORRIGÉS ET DICTÉE P. I-III

si/s'y – ni/n'y – leur/leurs

CONSEILS PARENTS

. Pour le premier point de la règle, proposez à votre enfant de s'entrainer à remplacer **s'y** par **m'y** ou **t'y**.
. **Ni** donne l'idée de « **non plus** ».

Ne confonds pas :

- **si** : mot invariable.
  Si tu as froid, couvre-toi.
  Elle est si drôle.
  s'y : devant un verbe, tu peux le remplacer par **m'y**, **t'y**.
  Il s'y prépare. ➜ Tu t'y prépares.

- **ni** : marque la négation.
  Il n'a ni chaud ni froid.
  n'y : négation devant un verbe.
  Je n'y vois rien.

- **leur** : pronom personnel devant un verbe, pluriel de **lui**, invariable.
  Elle leur plait beaucoup.
  leur ou **leurs** : déterminants possessifs devant un nom. Tu peux les remplacer par **notre** ou **nos** :
  leur chien - leurs chiens ➜ notre chien - nos chiens.

Lis le texte

EXPÉDITION HIVERNALE EN LAPONIE

Suzann et Nadir partent, pour *Téléjunior*, en expédition de ski nordique en Laponie. Ils ont fière allure dans leurs combinaisons. Pour les préparatifs, on leur a recommandé de s'y prendre longtemps à l'avance.
Il fait si froid qu'il ne faut rien oublier :
ni la nourriture déshydratée, ni la trousse de secours,
ni surtout la tente isotherme
et le chauffage adapté. Ils ont chargé le matériel sur leur pulka, sorte de traineau qu'ils tirent eux-mêmes sur la neige.
« Si on ne l'avait pas, on n'y arriverait jamais ! » pense Suzann.
Ils glissent dans le désert blanc. Le brouillard tombe et les entoure… le blanc est partout…

PRÉPARE TA DICTÉE !

1 **Complète à l'aide des phrases du texte.**

leur/leurs	si/s'y	ni/n'y
dans ...... combinaisons	il fait ...... froid	...... la nourriture,
on ...... a recommandé	de ...... prendre longtemps à l'avance	...... la trousse
		on ...... arriverait jamais

2 **Entoure la bonne orthographe.**

1. *N'y / Ni* pense plus, tout va s'arranger !
2. Quand je serai grand, je ne voudrai *n'y / ni* me fiancer, *n'y / ni* me marier.
3. *Si / S'y* tu parles anglais, tu peux voyager presque partout dans le monde.
4. Ils *s'y / si* intéressent lorsqu'ils en ont besoin !

3 **Complète par leur ou leurs.**

1. Quelle est .... bande dessinée préférée ?
2. .... pieds sont gelés et il .... manque des couvertures.
3. Ce sont .... histoires, cela ne nous regarde pas !

Fais attention à accorder « leur » quand c'est nécessaire.

4 **Mets les phrases au pluriel.**

1. Fred **lui** propose de participer à l'un de **ses** matchs.

Fred et Baptiste ....

2. **Lui** as-tu donné **ses** cadeaux ?

....

Lis les phrases à voix haute avant de compléter les mots.

5 **Salade mélangée de si / s'y, ni / n'y, leur / leurs.**

1. Bien sûr que ...., c'est .... première expédition dans le Grand Nord !
2. Ils ne sont .... fous .... stupides, seulement passionnés.
3. Tous .... amis rêvent de .... rendre avec eux, mais ils .... parviendront pas puisqu'ils préparent d'autres reportages !

Pour connaître la suite de l'histoire...

FAIS MAINTENANT LA DICTÉE 6 hatier-clic.fr/chdcm206

CONSEILS PARENTS

Faites souligner les mots suivants : **si**, **s'y**, **ni**, **n'y**, **leur**, **leurs**.
Faites vérifier l'orthographe en remplaçant comme il est indiqué dans la leçon, attention à accorder « **leur** » quand c'est nécessaire.

CORRIGÉS ET DICTÉE P. I-III

7 quand/quant/qu'en dans/d'en – sans/s'en

CONSEILS PARENTS

Indiquez à votre enfant les deux astuces suivantes :
- « **qu'en** » s'utilise avec une négation, il ou elle peut le remplacer par « **seulement** ».
- « **d'en** » peut se remplacer par « **de cela** ».

Ne confonds pas :

- **quand** : tu peux le remplacer par **lorsque**.
  Quand tu seras prêt…

  quant : s'écrit devant **à**, **au**, **aux**.
  Tu peux le remplacer par **en ce qui concerne** :
  Quant au reste de la classe…

  qu'en : remplace **que + en**.
  Elle ne partira **qu'en** juin.

- **dans** : indique le lieu.
  Il y a un virus **dans** mon ordinateur.

  d'en : remplace **de + en**.
  Tu viens **d'en** parler.

- **sans** : indique un manque.
  Un poème **sans** intérêt.

  s'en : remplace **se + en**.
  Tu peux le remplacer par **m'en** :
  Il **s'en** souvient. ➜ Je **m'en** souviens.

Lis le texte

ROMAN POLICIER : INTERVIEW D'UN AUTEUR

Brice interroge pour *Téléjunior* Yann Adétrass, auteur de romans policiers.
« Pourquoi écrire des histoires qui font peur ?
– Dans mes romans, il se passe des choses effrayantes, mais rappelez-vous les contes que vos parents vous lisaient quand vous étiez petits.
Ils ne s'en apercevaient pas mais ils vous racontaient des histoires horribles d'enfants abandonnés, de sorcières qui empoisonnent les princesses…
Quant à vous, vous leur demandiez d'en raconter d'autres ; vous adoriez sentir qu'en vous grandissaient des frissons de terreur…
Mes romans sont sans doute des contes pour grandes personnes… »

PRÉPARE TA DICTÉE !

1 Complète à l'aide des phrases du texte.

dans/d'en	quand/quant/qu'en	sans/s'en
.... mes romans	.... vous étiez	Ils ne .... apercevaient pas
.... raconter	.... à vous	Ils sont .... doute
	sentir .... vous	

2 Choisis la bonne orthographe.

1. (Sans/S'en) .... dents, il est difficile de mâcher !
2. (Quand/Qu'en/Quant) .... viendras-tu au marché ?
3. J'ai décidé (dans/d'en) .... parler.

N'oublie pas : « sans » indique un manque.

3 Complète avec :

sans ou s'en

C'est .... importance !

Il .... moque.

Voie .... issue.

dans ou d'en

Il exige .... savoir plus.

.... trois jours, c'est Noël !

Ils habitent .... quelle région ?

Lis à haute voix chaque phrase avant d'écrire les mots, pense à remplacer comme tu as appris dans la leçon.

4 Complète avec quand, qu'en ou quant.

- En montagne, les fleurs de printemps n'apparaissent .... mai, ... la neige a fondu.
- .... au reste de la végétation, elle a également beaucoup de retard sur les autres régions.

5 Salade mélangée de quand / quant / qu'en, sans / s'en, dans / d'en.

1. .... on est .... un cauchemar, on a envie .... sortir, ... succès.
2. .... aux rêves agréables, on voudrait .... souvenir longtemps.
3. Elle écoute toujours les mêmes disques, ... pensez-vous ?
4. Peut-être finira-t-elle par .... lasser ?

Pour connaitre la suite de l'histoire...

FAIS MAINTENANT LA DICTÉE 7 hatier-clic.fr/chdcm207

CONSEILS PARENTS

Faites remplacer systématiquement chaque mot (homonymes grammaticaux : **quand/quant/qu'en** ; **dans/d'en** ; **sans/s'en**) comme conseillé dans la leçon afin de choisir la bonne orthographe.

CORRIGÉS ET DICTÉE P. I-III

HOMONYMES GRAMMATICAUX

quel(s)/quelle(s)/qu'elle(s) la/là/l'a – on/on n'

CONSEILS PARENTS

Demandez à votre enfant de remplacer les homonymes pour vérifier de quel mot il s'agit et donc de quelle orthographe il s'agit.

Ne confonds pas :

- **quel** : s'accorde en genre et en nombre avec le nom.
  Quel est ce secret ? **Quelles** voix extraordinaires !
  qu'elle(s) : remplace **que + elle**. Tu peux le remplacer par **qu'il** :
  Je pense **qu'elle** sera ravie. ➜ Je pense **qu'il** sera ravi.
- **la** : déterminant féminin ou pronom personnel complément.
  La vache est dans le pré. Le petit veau **la** suit partout.
  l'a : tu peux remplacer par **l'avait**.
  Il **l'a** accompagné. ➜ Il **l'avait** accompagné.
  là : tu peux le remplacer par **ici**.
  C'est **là** le centre-ville ? ➜ C'est **ici** le centre-ville ?
- **on** : devant un verbe commençant par une voyelle.
  On adore patiner. **(forme affirmative)**
  on n' : négation contractée.
  On n'adore pas patiner. **(forme négative)**

Astuce ! Tu peux remplacer **on** par **il**.

Lis le texte

LE JOURNAL DE 20 HEURES

Nadir est en formation dans les studios d'une grande chaine nationale de télévision qui l'a sélectionné pour un stage.
Il passe devant la salle informatique, là où arrivent les informations du monde entier. Dans la pièce voisine, le comité de rédaction se réunit. Quelle cacophonie ! Quel bruit ! Les journalistes discutent avec animation : Quels sujets choisir ? Dans quel ordre les présenter ?
« Si on votait ?
– Si on n'aborde pas cette question, je claque la porte ! »
La présentatrice-vedette s'isole dans son bureau.
C'est là qu'elle rédige le texte final qui défilera sur le prompteur*.

* Appareil sur lequel défilent les textes lus par la présentatrice.

PRÉPARE TA DICTÉE !

1 Complète à l'aide des phrases du texte.

la/là/l'a	quel(s)/quelle(s)/qu'elle(s)	on/on n'
qui .... sélectionné	.... cacophonie !	Si .... votait ?
devant .... salle informatique	.... bruit !	Si .... aborde pas la question
.........où arrivent les informations	.... sujets choisir ?	
	c'est là .... rédige	

Surligne d'abord tous les homonymes de la leçon dans le texte.

2 Relie ce qui est possible.

quel •	• région attrayante !
quels •	• petit prétentieux !
quelle •	• a de la chance !
quelles •	• sont originales !
qu'elle •	• grandes oreilles !
qu'elles •	• farceurs !

la •	• -bas ou ailleurs !
	• chauve-souris.
là •	• -t-il acheté ?
	• , c'est confortable.
l'a •	• place de la Bastille.

3 Complète les phrases avec on ou on n'.

1. .... a d'yeux que pour elle !
2. Quand .... a bien travaillé son souffle, on chante mieux.
3. Oui, ... arrive dans trois minutes.

Remplace **on** par **il** !

4 Salade mélangée de quel(s) / quelle(s) / qu'elle(s), la / là / l'a, on / on n'.

1. .... recette alléchante, ... achètera les ingrédients ?
2. Maman nous .... préparera pour ce soir, pourvu .... la réussisse !
3. À .... moment puis-je venir répéter .... chanson avec toi ?
4. C'est à cet endroit- .... du morceau qu'............ improvisera.
5. .... aura pas le droit de se tromper !
6. .... trac ! Je crains .... ne leur plaisent pas.

Pour connaitre la suite de l'histoire...

FAIS MAINTENANT LA DICTÉE 8 hatier-clic.fr/chdcm208

CONSEILS PARENTS

Faites remplacer systématiquement chaque mot (homonymes grammaticaux : **quel (s)/quelles (s)/ qu'elle (s)** ; **la/là/l'a** ; **on/on n'**) comme conseillé dans la leçon afin de choisir la bonne orthographe.

CORRIGÉS ET DICTÉE P. I-III

ORTHOGRAPHE GRAMMATICALE

9 L'accord en genre et en nombre dans le groupe nominal (1)

CONSEILS PARENTS

Faites réviser à votre enfant les exceptions de la leçon (pluriel des mots se terminant par **eu, au, eau, al, ail**). Ces mots ont déjà été étudiés les années précédentes.

Tous les éléments d'un groupe nominal (GN) ont le même genre :
masculin : un grand invité **ou** féminin : une grande invitée.

- certains noms et adjectifs modifient leur terminaison au féminin :
  le musicien – le boulanger ➜ la musicienne – la boulangère
  le conducteur – vif – peureux ➜ la conductrice – vive – peureuse.
- certains noms et adjectifs ne changent pas au féminin :
  un habile acrobate ➜ une habile acrobate.
- certains noms masculins changent complètement au féminin :
  un oncle ➜ une tante.

Tous les éléments d'un groupe nominal ont le même nombre :
singulier : un grand sportif **ou** pluriel : des grands sportifs.

- les noms et adjectifs prennent un x quand ils se terminent en
  eu : un jeu ➜ des jeux (sauf des pneus, des bleus)
  au, eau : un gâteau ➜ des gâteaux
  al : un journal ➜ des journaux (sauf les carnavals, les chacals, les festivals, les bals, les régals, banals, bancals, natals, navals).
- les noms en ail et en ou prennent un s au pluriel (sauf des cor**aux**, des ém**aux**, des trav**aux**, des vitr**aux**… ; des bijou**x**, des genou**x**, des pou**x**, des hibou**x**, des chou**x**, des caillou**x**, des joujou**x**).

Lis le texte

L'ANDALOUSIE AU RYTHME DU FLAMENCO

Suzann se rend pour *Téléjunior* en Andalousie, une région d'Espagne tout au sud de l'Europe.
À Grenade, elle visite des palais merveilleux et des jardins féeriques aux plantes méditerranéennes.
L'un des palais est en travaux.
Tant pis, elle va voir une exposition d'émaux anciens.
Ce soir, elle aura le choix entre deux festivals de flamenco : ceux de Séville ou de Cordoue…

PRÉPARE TA DICTÉE !

1 Complète les groupes nominaux du texte au pluriel et indique le genre dans la parenthèse.

des palai...... merveilleu...... ( )
des jardin...... féerique...... ( )
des plante...... méditerranéenne...... ( )
des trav...... ( )
des ém...... ancien...... ( )
deux festiv...... ( )

2 Relie les GN à la marque du pluriel exacte, puis recopie au pluriel.

1. un nouveau jeu ● ● AUX des ....
2. un journal régional ● ● X des ....
3. un vrai régal ● ● S des ....

3 Écris les phrases au singulier.

- Les éventails s'agitent ....
- Les épreuves finales se terminent ....
- Les fières danseuses sont parées de bijoux ....
- Ces lieux originaux deviennent rares ....

Pense à accorder le verbe au singulier.

4 Écris les mots en gras au féminin.

- **Le vieux pharmacien** vérifie, **soucieux**, une ordonnance.

....

- **Un jeune conducteur sérieux** doit être très **prudent**.

....

Transforme chaque phrase à l'oral avant de l'écrire.

5 Écris les phrases au pluriel.

1. Ce tableau n'est pas banal ! 2. C'est une accumulation de vitrail, d'émail, de végétal séché. 3. Ce travail présente un idéal artistique.

....
....
....

Pour connaître la suite de l'histoire...
FAIS MAINTENANT LA DICTÉE 9 hatier-clic.fr/chdcm209

CONSEILS PARENTS
Faites souligner tous les groupes nominaux.
Demandez à votre enfant de vérifier l'accord de tous les éléments de chaque groupe nominal, **en genre et en nombre**.

CORRIGÉS ET DICTÉE P. I-III

10

ORTHOGRAPHE GRAMMATICALE

L'accord en genre et en nombre dans le groupe nominal (2)

CONSEILS PARENTS

Inventez ensemble un jeu de groupes nominaux à accorder avec des adjectifs de couleur : se référer à la leçon systématiquement pour vérifier la réponse.

• Tous les éléments d'un groupe nominal ont le même genre et le même nombre :
un petit homme, une petite femme → des petits hommes, des petites femmes.
masculin singulier **féminin singulier** **masculin pluriel** **féminin pluriel**

• Quand les noms ont des genres différents, l'adjectif qualificatif s'accorde au masculin pluriel :
la jupe, la chemise et le pantalon color**és**.

• Les adjectifs de couleur suivent la règle générale d'accord :
une robe noire → de**s** robe**s** noire**s**
Sauf : • les noms employés comme adjectifs de couleur :
des chaussures orang**e** (exceptions : **roses**, **mauves**, **fauves**),
• les adjectifs composés : des gant**s** ble**u** marin**e**.

Lis le texte

LA PEINTURE, UNE AVENTURE EN COULEURS

Brice, suivi d'un caméraman de *Téléjunior*, s'approche discrètement d'un peintre qui a installé son chevalet face à la mer dans un petit port de pêche.
Les pinceaux s'activent, mélangent pigments et peintures disposés sur la palette.
Les gouaches bleu outremer et bleu turquoise se rencontrent pour créer une nouvelle nuance.
D'un geste précis, le peintre trace des traits et des lignes colorés sur la toile.
Alors que le soleil descend à l'horizon, les teintes jaunes, orange, roses et même rouge grenat apparaissent par touches dans le paysage.
« Je reviendrai demain, dit l'artiste, je veux reproduire fidèlement la lumière au soleil couchant. »
Brice se rend alors dans une petite rue du centre-ville où il pousse la porte d'un atelier.

Textes de dictées

1 Silence ! On tourne...

> p. 4

Brice attend patiemment près d'un caméraman. Soudain, une voiture surgit d'un tunnel. Son moteur rugit bruyamment, elle roule très vite. Elle décolle sur un tremplin, survole une camionnette avant de s'écraser brutalement contre un autre véhicule. Elle se désintègre totalement. Le cascadeur sort péniblement de la carcasse fumante mais il est sain et sauf. Ouf !

2 Les droits de l'enfant

> p. 6

« Dans certains pays, les jeunes enfants sont exploités sans pitié. Ils subissent des atrocités. Les pieds dans la boue, ils poussent des brouettées de minerai dans l'obscurité des galeries où l'on ne voit pas plus loin que le bout de son nez. C'est pour votre sécurité que le travail est interdit ici avant votre seizième année. »

3 Un siècle d'inventions

> p. 8

« Hier, à vingt et une heures sonnantes, mon quartier s'est illuminé. Pas par la flamme vacillante des chandelles ou du gaz comme les autres soirs. Non, plutôt par la magie d'une étincelle permanente issue de cette belle découverte : l'ampoule électrique de monsieur Edison. Massée sur les trottoirs, la foule émerveillée applaudissait la lumière irréelle qui coulait à flot des lampadaires. »

4 Le professeur Médock...

> p. 10

Les battements réguliers de son cœur apparaissent sur un écran.
« Je déplace cette manette, dit le professeur.
Maintenant le cycliste donne de puissants coups de pédale comme dans une côte raide. Un flot de sueur coule de son front. Il respire fort, son cœur bat plus vite, on observe des traits plus longs et plus fréquents sur l'écran.
– Bel exploit ! » admire Maï-Lihn.

5 Médecine humanitaire

> p. 12

« C'est pareil pour une jeune fille ou un jeune homme, de se lancer dans l'action humanitaire ?
– Pas exactement, l'été dernier, on ne m'a pas confié de mission, je suis restée là, dans mon fauteuil. Mais cette année, en juillet, je pars en Afrique. Je travaille dur pour payer mon voyage... il faut que je me débrouille. Mais ce sera une merveilleuse aventure, j'en suis sûre ! »

6 Expédition hivernale en Laponie

> p. 14

Heureusement, leur GPS leur indique le chemin.
« Si notre appareil était en panne, on ne s'y retrouverait pas, remarque Nadir ; on n'y voit rien : ni le relief ni les arbustes. »
Leurs cœurs battent plus vite quand ils croisent les traces d'un ours. Quelle est cette silhouette pesante qui s'approche si paisiblement d'eux ? Ils ne s'y trompent pas, ce n'est que celle d'un élan.

7 Roman policier...

> p. 16

« Dans mes romans, le héros essaie de s'en sortir et les méchants, quant à eux, s'acharnent à le détruire. Il faut qu'en lisant ces histoires, on soit pris dans un cauchemar sans issue.
– Oui, on a envie d'en savoir plus et on ne veut pas laisser les personnages s'en aller sans connaitre la suite. Quand le héros triomphe enfin, on se sent mieux. »

8 Le journal de 20 heures

> p. 18

La voici qui entre sur le plateau de télévision. Dès qu'elle est là, on n'a d'yeux que pour elle, on n'écoute qu'elle. 20 h 00. Silence ! Le journal commence. Mais quelle surprise !
On apporte une dépêche de dernière minute. Quel événement vient bouleverser l'ordre du jour ? Jamais on ne l'a prise au dépourvu ! Déjà, elle annonce la nouvelle.

9 L'Andalousie...

> p. 20

Les fières danseuses andalouses entrent en scène, parées de robes colorées et de bijoux. Les guitares les accompagnent sur des rythmes endiablés, tandis qu'elles tapent des pieds et des mains. De beaux danseurs les rejoignent. Dans la salle, les éventails s'agitent. Suzann, éblouie, applaudit de bon cœur. Ces festivals sont de vrais régals pour les yeux et les oreilles.

10 La peinture...

> p. 22

Des bols blancs et une cafetière, bien éclairés, servent de modèle. Un homme en blouse grise avec des taches marron et rouges les peint avec passion. Brice ne reconnait ni les bols ni la cafetière exposés. Des surfaces et des lignes colorées se répartissent en tourbillons. Les touches bleues, rouges, jaune paille et orange s'affrontent.
« C'est une œuvre abstraite », dit le peintre.

11 Paul chez les brocanteurs

> p. 24

Peut-être l'un de ces vieux tourne-disques ? Il se méfie des attrape-nigauds.
« Écoutez ce disque : les auteurs-interprètes de 1950, c'était autre chose que du rap, dit le vendeur en clignant d'un œil derrière ses lunettes à doubles-foyers. Paul grimace.
Les hautparleurs sifflent.
– Allez donc voir dans les salles des ventes où des commissaires-priseurs organisent les enchères ! » lui conseille l'homme vexé.

12 *Téléjunior* et l'informatique

> p. 26

La scientifique de *Téléjunior* veut joindre Salomé, la correspondante canadienne. Celle-ci, depuis des mois, ne donne plus de nouvelles. Un clic de la souris sur un paysage et un autre sur une photo de son amie produisent un miracle ! Salomé envahit l'écran, s'anime et lui parle ! Étudier les coutumes indiennes l'intéresse toujours autant. Elle était chez les Iroquois.

13 La tour Eiffel sans ascenseur

> p. 28

Brice et ses équipiers sont passés par les escaliers avec le matériel. Ils sont tous arrivés essoufflés au troisième étage. Ils ont installé des caméras qui ont filmé le panorama, mais quand

Brice a voulu commenter les images, ils ont vu qu'ils avaient oublié le micro dans la camionnette au pied de la Tour ! Il a fallu aller le chercher ! Ils sont redescendus !

14 Nadir découvre la plongée

> p. 30

Le bateau ralentit et s'arrête.
« D'abord, nous nageons et nous nous déplaçons à la surface de l'eau. Puis, quand nous atteignons le rocher que vous apercevez, nous descendons vers le fond. Pendant la plongée, vous pouvez regarder mais vous ne devez pas toucher. Attention aux murènes qui mordent ! »
Le moniteur vient de faire un signe, Nadir le suit dans le monde du silence.

15 Un tir de la fusée Ariane

> p. 32

Depuis un bunker, nous observons la fusée qui décollera dans quelques minutes.
« Quand serez-vous prêt ?
– Dès que les voyants passeront au vert, je déclencherai le tir. Vous verrez les gaz s'échapper des tuyères. Ils propulseront la fusée vers le ciel. Elle se séparera du premier étage, puis des suivants et elle placera en orbite deux gros satellites. Regardez ! C'est parti ! 10, 9, 8… »

16 Il était une fois…

> p. 34

« … Au petit jour, les péniches de débarquement fonçaient vers les plages où les mitrailleuses allemandes nous guettaient. Nous croyions notre dernière heure venue.
Une fois sur la berge, je me déplaçais en zigzag afin d'éviter les tirs qui redoublaient d'intensité. Beaucoup parmi nous tombaient et ne se relevaient pas. Cependant, nous progressions vers les dunes et à 17 heures, Utah Beach était conquise. »

17 L'éruption…

> p. 36

« Une explosion projeta au loin des milliers de blocs de roche. Cela libéra des cendres et des gaz brulants qui se précipitèrent vers la petite ville. La chaleur fut telle que le métal et le verre fondirent. Personne n'en réchappa sauf un prisonnier qui survécut dans son cachot. Nous eûmes à déplorer trente mille victimes et la tristesse s'abattit sur toute la Martinique. »

18 Dans l'enfer de Verdun

> p. 38

« Le capitaine nous a ordonné de creuser un tunnel de notre côté. Persuadés que notre galerie était arrivée tout près de la leur, nous avons déposé la dynamite. Il a fallu évacuer le souterrain le plus vite possible. Après l'explosion, le capitaine a dit : "Opération réussie !" Nous sommes allés nous coucher, mais qu'étaient devenus les soldats dans l'autre tunnel ? »

19 Respecte le code…

> p. 40

« Freine ! Ralentis ! Pense au feu rouge en bas de la pente !
– Laisse-moi tranquille, je suis presque arrivé. Allez ! Avancez ! Tous ces gens qui ne savent pas conduire ! Aïe !
– Allo ? Boris ? Tu es tombé ? Réponds-moi ! Relève-toi si tu peux.
– J'ai mal, mais j'ai surtout eu très peur ! Ne faites pas comme moi, soyez prudents ! »

20 La ville de nos rêves

> p. 42

« Les gens vivraient dans de petits immeubles.
– Il y aurait de nombreux parcs où l'on se promènerait et où l'on ferait du sport.
– Nous circulerions en métro, en bus ou à vélo.
– On organiserait des fêtes, des spectacles.
– Les gens prendraient le temps de vivre. Ils finiraient par se connaitre. Ils passeraient de bons moments et se rendraient service entre voisins. »

Corrigés des exercices

1 Les mots invariables

> p. 5

1 **Adj. qual.** : précautionneusement, attentivement, méchamment, lentement, violemment, tendrement. **Autres** : par, sur, très, jusqu', en, avant, puis, et, vers, quand, mais, avec.

2 total, totale, totalement - brutal, brutale, brutalement - grand, grande, grandement - pénible, pénible, péniblement - délicat, délicate, délicatement.

3 savamment - intelligemment - prudemment - récemment - ardemment - apparemment - évidemment - brillamment.

4 1. lentement/derrière 2. toujours assez/richement 3. silencieusement 4. Après/beaucoup.

2 Les noms terminés par (é)…

> p. 7

1 **F** : liberté, égalité, fraternité, moitié, journées, assiettée. **M** : lycée, été, boulanger, canoë.

2 une azalée, un pommier, un rosier, un oranger, un cerisier, un abricotier, une pensée, un poirier, une giroflée, un cocotier.

3 une atrocité, la luminosité, l'obscurité, une brouettée.

4 1. année/trophée 2. vérité 3. exposé/société 4. conférencier/université.

3 Les consonnes doubles

> p. 9

1 **Entre 2 voyelles** : quelle, étonnante, comment, immenses, succéder, finissent, ferroviaires, villes, comme, quotidienne, nouvelles, apparaissent, s'accélère, années, vaccin, accompagnés, surprennent, cette. **Entre 1 voyelle et 1 consonne** : effrayés, apprécier.

2 1. il dégèle 2. l'hôpital 3. pas d'intrus 4. défouler.

3 accrocher, irréelle, une opposition, une trottinette, illégal, appeler, attendre, vaciller.

4 1. pâte 2. date 3. arrête 4. gouttes 5. mètre 6. salles.

4 Les lettres finales muettes > p. 11

1 nous, comment, corps, mouvement, mais, carburant, dans, dont, pot, échappement, rapport, sang, heureusement, sans, pendant, temps, appartement, effort, plat.

2 drap - profit - tronc - chocolat - tapis - sourcil - long - galop - point - tabac - cadenas - sursaut - trop - plomb.
ou : drap - profit - tronc - chocolat - tapis - sursaut - tabac - cadenas - sourcil - long - galop - point - trop - plomb.

3 exploitation ou exploiter, campagnarde, respecter, poignée, frontale, bondir, puissante, blanche, flotter, fusiller.

4 1. haut/gros efforts 2. Pendant/le récit de ses exploits/pays 3. retard/forêt 4. rang de tricot/petit-fils 5. parents/constat d'accident avant/nous.

5 Le son "ill" > p. 13

1 **y** : incroyable, ennuyeux, envoyer, essayer. **i** : étudiant, Téléjunior, biocarburants, mission.
ill, **ail(le)**, **euil(le)** : bataille, travail, recueillir, gaspillées.

2 employer - ennuyer - convoyer - appuyer - envoyer - essayer - monnayer.

3 je travaille/le travail - je conseille/le conseil - je détaille/le détail.

4 essayez - habiller - soleil - réveille - pied - éventail - baille - joyeusement - fauteuil - ennuyons - cueillir - groseilles - panier - fouille - portefeuille.

6 si/s'y – ni/n'y – leur/leurs > p. 15

1 dans leurs - on leur a / il fait si - de s'y prendre / ni la nourriture, ni la trousse - on n'y arriverait.

2 1. N'y 2. ni, ni 3. Si 4. s'y.

3 1. leur 2. Leurs/leur 3. leurs.

4 1. Fred et Baptiste leur proposent de participer à l'un de leurs matchs. 2. Leur avez-vous donné leurs cadeaux ?

5 1. si/leur 2. ni fous ni stupides 3. leurs/s'y/n'y.

7 quand/quant/qu'en... > p. 17

1 Dans - d'en/quand - quant - qu'en/s'en - sans.

2 1. Sans 2. Quand 3. d'en.

3 sans importance - s'en moque - sans issue/d'en savoir - Dans trois - dans quelle.

4 qu'en mai, quand la neige - Quant au reste.

5 1. Quand/dans/d'en sortir/sans succès. 2. Quant/s'en 3. qu'en 4. s'en.

8 quel(s)/quelle(s)/qu'elle(s)... > p. 19

1 qui l'a, devant la, là où/Quelle cacophonie, Quel bruit, Quels sujets, c'est là qu'elle/Si on votait, Si on n'aborde pas.

2 – quel petit prétentieux, quels farceurs, quelle région attrayante, quelles grandes oreilles, qu'elle a de la chance, qu'elles sont originales.– la chauve-souris, la place de la Bastille, là-bas ou ailleurs, là, c'est confortable, l'a-t-il acheté.

3 1. On n'a d'yeux 2. Quand on a 3. on arrive.

4 1. Quelle/on 2. la/qu'elle 3. À quel/la 4. endroit-là/qu'on 5. On n'aura 6. Quel trac !/qu'elles.

9 L'accord en genre et en nombre dans le GN (1) > p. 21

1 des palais merveilleux (M), des travaux (M), des jardins féériques (M), des émaux anciens (M), des plantes méditerranéennes (F), deux festivals (M).

2 **x** : des nouveaux jeux. **aux** : des journaux régionaux.
s : des vrais régals.

3 L'éventail s'agite. L'épreuve finale se termine. La fière danseuse est parée d'un bijou. Ce lieu original devient rare.

4 La vieille pharmacienne, soucieuse/Une jeune conductrice sérieuse, prudente.

5 1. Ces tableaux ne sont pas banals. 2. Ce sont des accumulations de vitraux, d'émaux, de végétaux séchés. 3. Ces travaux présentent des idéaux artistiques.

10 L'accord en genre et en nombre dans le GN (2) > p. 23

1 **adj. qui suivent la règle** : jaunes, roses. **adj. qui ne suivent pas la règle** : bleu outremer, bleu turquoise, orange, rouge grenat.

2 1. mêlés 2. colorées 3. raffinés 4. fleuries.

3 des blouses grises, des superbes colliers vert bronze, des courtes robes jaune paille, des confortables canapés framboise, des oreillers mauves et parfumés.

4 1. noisette 2. noirs 3. brune/rose pâle. 4. dorés/bleu marine et blanche 5. rouge vif, vert clair, abricot et violets/bleus.

11 Le pluriel des noms composés > p. 25

1 **nom + nom ou nom + adj. qual.** : grands-parents, râpes à gruyère. **verbe + nom** : vide-greniers, presse-purées, ramasse-miettes, allume-gaz.

2 des abat-jours, un abat-jour/des coffres-forts, un coffre-fort.

3 des grands-mères, des bateaux-mouches,
des sapeurs-pompiers, des chasse-neiges, des sèche-cheveux.

4 1. Le commissaire-priseur est chargé 2. L'auteur-interprète écrit et chante ses textes. 3. Ce jeu de hasard (...) est un attrape-nigaud.

12 L'accord sujet – verbe > p. 27

1 **S** : Maï-Lihn nous fait visiter, répond Brice, ajoute Suzann.
P : Où en êtes-vous ? Paul et moi trions. Nous choisissons.

2 1. Paul, Brice et Suzann → noms propres 2. Trouver → infinitif 3. Les textes que nous choisissons → proposition 4. Mon émission → groupe nominal.

3 1. (ils) sont 2. (nous) aimons 3. (vous) revenez.

4 1. apparait un château gonflable 2. Clément et David l'atteignent 3. Ils trépignent, s'impatientent, et le prennent/deux places se libèrent. 4. Sauter les intéresse 5. l'animateur, a.

13 L'accord du participe passé

> p. 29

1 **Auxiliaire être** : élevée, arrivés, impressionnés, devenue. **Auxiliaire avoir** : rassemblé, eu, confié, retenu, creusé, assemblé, été, parlé.

2 allumée - cassés - séchées - vendus - apprise - réussies.

3 Les ascenseurs sont bloqués/Pourquoi est-elle sélectionnée/Célestine n'a jamais fini.

4 1. se sont aperçus 2. inscrite 4. écrites/devenues 5. dévoré/préparée.

14 Présent

> p. 31

1 **3ᵉ pers. sing.** : part, questionne, rappelle. **1ʳᵉ pers. plur.** : plongeons, accomplissons. **2ᵉ pers. plur.** : pratiquez, pouvez, faites. **3ᵉ pers. plur.** : suivent, font, mettent, par ex.

2 j'/il/elle achète - vous apercevez - ils/elles cueillent - nous descendons - j'/il/elle épelle - on sort - je/tu reçois - nous rugissons - je/tu crois - ils prennent - je/il jette - nous déplaçons.

3 1. Nous atteignons/nous nous reposons 2. Vous feuilletez/vous rejetez 3. Elle vient.

4 1. cèdent 2. J'apprends/comprends 3. finit 4. voyons 5. dois 6. paraissez.

15 Futur

> p. 33

1 **3ᵉ pers. sing.** : sera, sera. **1ʳᵉ pers. plur.** : continuerons, pourrons, sortirons, par ex. **2ᵉ pers. plur.** : aurez. **3ᵉ pers. plur.** : feront, enverront, vivront.

2 tu auras, nous vérifierons, ils viendront, elle décollera, vous pourrez, je ferai.

3 tu verras, vous verrez, elles verront/il propulsera, nous propulserons, ils propulseront/tu sauras, elle saura, vous saurez.

4 1. La semaine prochaine, il commencera 2. Ce soir, nous regarderons 3. L'hiver prochain, vous irez, par ex.

5 1. J'inviterai/il faudra 2. Nous passerons/celui qui perdra/aura.

16 Imparfait

> p. 35

1 **1ᵉʳ groupe** : préparaient, entrainions. **2ᵉ groupe** : subissait. **3ᵉ groupe** : devait, savions, allait, paraissait.

2 nous déplaç\ons, je déplaç\ais / nous réfléchiss\ons, ils réfléchiss\aient / nous croy\ons, nous croy\ions / nous fais\ons, ils fais\aient / nous fonç\ons, ils fonç\aient.

3 tu mangeais - elle traçait - nous mendiions - vous nettoyiez - nous suppliions - vous signiez.

4 1. déguisions 2. mangions 3. chantions 4. menacions 5. jetions/n'avaient 6. partagions.

17 Passé simple

> p. 37

1 **1ᵉʳ groupe** : secoua, regardâmes, m'interrogeai, raconta. **2ᵉ groupe** : anéantit. **3ᵉ groupe** : fit, parvint, sortis, vis, craignis.

2 elle projeta, projeter, nous projetâmes/je me précipitai, se précipiter, ils se précipitèrent/ il survécut, survivre, ils survécurent/tu eus, avoir, nous eûmes.

3 tu réunis, nous réunîmes, ils réunirent/je fus, elle fut, vous fûtes/tu vendis, nous vendîmes, elles vendirent/je devins, tu devins, vous devîntes/elle voulut, nous voulûmes, ils voulurent.

4 1. Elle écrivit à son meilleur ami 2. Ils décidèrent 3. Nous vînmes 4. Je visitai et perdis.

18 Les temps composés...

> p. 39

1 **passé composé** : ont creusé, est arrivée, ont pataugé, ont eu, ont continué, a donné, se sont jetés, ont dû, m'a confié, a participé, ont recommencé, avons compris. **plus-que-parfait** : s'était stabilisé, avaient pris, s'étaient repliés, avions entendus, avaient décidé.

2

Il a fallu	il avait ordonné
Il a ordonné	nous étions **allés**
Nous sommes **allés**	elle était arrivée
Elle est **arrivée**	vous étiez **habillées**
elles ont choisi	il avait fallu
Vous êtes **habillées**	elles avaient choisi

3 Brutus a dévoré/Laura est partie. Brutus avait dévoré/Laura était partie

4 1. a fini - 2. avait opéré - 3. était allée - 4. ont acheté

19 Impératif présent

> p. 41

1 **2ᵉ pers. sing.** : n'oublie pas, vas-y, fais, ne roule pas, reviens, ne double pas, tends/**1ʳᵉ pers. plur.** : vérifions, suivons/ **2ᵉ pers. plur.** : contrôlez

2 fais, faire, faites/sois, être, soyez/ralentis, ralentir, ralentissons/avancez, avancer, avance.

3 1. allez 2. conduis 3. envoie 4. offrons 5. mangez.

4 1. Choisis/cherche/présente 2. vas-y 3. Raccourcissons 4. refusez 5. ajoutes-en.

20 Conditionnel présent

> p. 43

1 aimeriez, pourrait, aurait, ferait, souffrirais, regretterais, pourrions, déjeunerions, travailleraient, rentreraient, prendrait, subirait.

2 je/tu serais, elles prendraient, nous jouerions, il ferait, vous imagineriez, ils pourraient, vous devriez, j'/tu écouterais, on grandirait.

3 1. préféreraient 2. courrais 3. pourriez 4. aurais 5. inviterions.

4 1. fermait/faudrait 2. étais/irais 3. lisais/serais 4. dansiez/dormiriez.

PRÉPARE TA DICTÉE !

1 Relève et classe les adjectifs de couleur du texte.

adj. qui suivent la règle d'accord	adj. qui ne suivent pas la règle d'accord
....	....
....	....

2 Entoure la bonne orthographe.

1. la mélodie et le rythme *mêlé - mêlés - mêlée - mêlées*
2. des surfaces et des lignes *coloré - colorés - colorée - colorées*
3. un chocolat et une liqueur *raffiné - raffinés - raffinée - raffinées*
4. des fleurs et des plantes *fleuri - fleuris - fleurie - fleuries*

Regarde bien s'il s'agit de mots féminins ou masculins, et n'oublie pas la partie n° 2 de la leçon.

3 Mets au pluriel.

- une blouse grise ➜ ....
- un superbe collier vert bronze ➜ ....
- une courte robe jaune paille ➜ ....
- un confortable canapé framboise ➜ ....
- un oreiller mauve et parfumé ➜ ....

Vérifie avec la règle d'accord des adjectifs de couleur dans le 3e point de la leçon.

4 Accorde les adjectifs entre parenthèses quand c'est nécessaire.

1. Il adore les yeux (noisette) .... de sa fille.
2. Le piano et la table (noir) .... vont parfaitement ensemble.
3. Sa chevelure (brun) .... contraste avec son teint (rose pâle) ....
4. Que faire de ces bibelots (doré) .... au milieu de cette pièce (bleu marine et blanc) .... ?
5. Les ballons (rouge vif) ...., (vert clair) ...., (abricot) .... et (violet) .... annoncent un anniversaire dès l'entrée de la maison aux volets et aux portes (bleu) ....

Pour connaitre la suite de l'histoire…

FAIS MAINTENANT LA DICTÉE 10 hatier-clic.fr/chdcm210

CONSEILS PARENTS

Faites souligner tous les groupes nominaux.
Faites vérifier à votre enfant l'accord des adjectifs avec le ou les noms du groupe nominal.
Attention au pluriel des adjectifs de couleur !

CORRIGÉS ET DICTÉE P. I-III

ORTHOGRAPHE GRAMMATICALE

Le pluriel des noms composés

CONSEILS PARENTS

Entrainez votre enfant à identifier **la nature des mots** (savoir si le mot est un nom, un adjectif qualificatif, un verbe…) pour choisir comment les accorder au pluriel.

- Un nom composé est formé de deux mots reliés par un trait d'union ou par une préposition :
  un lave-vaisselle.
- Les noms composés formés de deux noms ou d'un nom et d'un adjectif qualificatif prennent la marque du pluriel :
  des choux-fleurs – des rouges-gorges.
- Dans les noms composés formés d'un verbe et d'un nom ou d'une préposition et d'un nom, seul le nom prend la marque du pluriel :
  des couvre-lits (verbe nom) – des après-midis (préposition nom)
- Généralement, dans un nom composé de deux noms unis par une préposition, seul le 1er prend la marque du pluriel :
  des arcs-en-ciel (des arcs dans le ciel)

mais : des jeux de cartes (des jeux avec plusieurs cartes).

Il faut donc toujours réfléchir au **sens** du nom !

Lis le texte

PAUL CHEZ LES BROCANTEURS

La caméra de *Téléjunior* suit Paul qui parcourt les vide-greniers. Dans le bric-à-brac, il trouve parfois des trésors : une collection de tirebouchons, des presse-purée à main comme en utilisaient ses grands-parents, des ramasse-miettes mécaniques. Les râpes à gruyère n'ont pas tellement changé, les allume-gaz ont presque disparu au profit de systèmes électriques. Tous ces objets racontent une histoire, celle des gestes du traintrain quotidien de l'ancien temps. Paul doit trouver une pièce insolite à présenter dans son émission *Le grenier aux chauve souris*…

PRÉPARE TA DICTÉE !

1 Classe les noms composés au pluriel du texte dans le tableau.

nom + nom ou nom + adj. qual.	verbe + nom
....	....
....	....
....	....

2 Relie ce qui est correctement écrit.

	• abat-jour			• coffres-forts
des •	• abats-jour		des •	• coffres-fort
un •	• abats-jours		un •	• coffre-fort
	• abat-jours			• coffre-forts

3 Coche les noms composés mal écrits et corrige-les en dessous.

☐ des grand-mère ☐ des rendez-vous ☐ des bateau-mouche

....

☐ des sèche-serviettes ☐ des sapeurs-pompier ☐ des chasses-neiges

....

☐ des cale-pieds ☐ des sèches-cheveux ☐ des sans-abris

....

Vérifie systématiquement avec la règle, que tu as choisi la bonne orthographe.

4 Récris ces phrases au singulier.

1. Les commissaires-priseurs sont chargés d'organiser la vente.

....

2. Les auteurs-interprètes écrivent et chantent leurs textes.

....

3. Ces jeux de hasard sur ordinateur sont des attrape-nigauds !

....

Pour connaître la suite de l'histoire…

FAIS MAINTENANT LA DICTÉE 11 hatier-clic.fr/chdcm211

CONSEILS PARENTS

Faites souligner à votre enfant tous les noms composés.
Faites vérifier que la règle d'accord au pluriel est bien appliquée.

CORRIGÉS ET DICTÉE P. I-III

12

ORTHOGRAPHE GRAMMATICALE

L'accord sujet – verbe

CONSEILS PARENTS

Proposez à votre enfant de s'entrainer à trouver le sujet du verbe dans d'autres phrases en posant la question « **qu'est-ce qui... ?** » ou « **qui est-ce qui... ?** ».

• Le verbe s'accorde toujours en nombre et en personne avec son sujet, où qu'il soit dans la phrase ; pour le trouver, il faut poser la question : **Qui est-ce qui** + verbe ? ou **Qu'est-ce qui** + verbe ?

• Le **sujet** d'un verbe peut être de différentes natures :
– un nom (commun ou propre) : **Loïc** déménag**e**.
– un groupe nominal : **Le chat des voisins est** part**i**.
– un infinitif : **Voyager est** à la mode.
– un pronom : **Elles** chant**ent**.
– une proposition : **Ceux qui sont les plus fragiles** doiv**ent** se faire vacciner.

• Le sujet peut être éloigné du verbe ou inversé :
L'an dernier **s'est** termin**é** **le pont de Millau**.

• Le sujet peut être composé de plusieurs sujets au singulier. On accordera donc le verbe au pluriel :
Brutus et Pepsi ronfl**ent**.

• Plusieurs verbes peuvent avoir le même sujet, ils s'accordent alors tous avec ce sujet : **Je** l'attrap**e**, le déstabilis**e** et l'immobilis**e** au sol.

• **Attention !** Le verbe ne s'accorde jamais avec « le, la, les, l', lui, leur » placés devant lui : **Elle** les dévor**e**.

Lis le texte

TÉLÉJUNIOR ET L'INFORMATIQUE

Maï-Lihn nous fait visiter la salle informatique de *Téléjunior*. Paul, Brice et Suzann, chacun devant un écran, cherchent des informations sur Internet.
« Où en êtes-vous ? demande Maï-Lihn.
– Trouver des documents sur la construction de la tour Eiffel me rendrait service, répond Brice. Mon émission, si tout va bien, sera filmée demain.
– Paul et moi trions et classons, ajoute Suzann. Les textes et les photos que nous choisissons sont mis en mémoire pour nos reportages.
– Nous les projetons même en grand quand nous le voulons », précise Paul.
En effet, sur le mur, apparaissent soudain la tour Eiffel, la fusée Ariane 5 puis une plage du Débarquement. Maï-Lihn s'installe à son tour devant un ordinateur...

PRÉPARE TA DICTÉE !

1 Trouve dans le texte les sujets des verbes.

singulier	pluriel
.... fait visiter.	Où en êtes- .... ?
répond	.... trions et classons.
ajoute	.... choisissons.

Surligne d'abord dans le texte les verbes conjugués.

2 Dans les phrases suivantes, souligne les sujets des verbes en gras et indique leur nature (nom, GN, infinitif, proposition...).

1. Paul, Brice et Suzann **cherchent** des informations. ➜ ....
2. Trouver des documents me **rendrait** service. ➜ ....
3. Les textes que nous choisissons **sont mis** en mémoire. ➜ ....
4. Mon émission, si tout va bien, **sera filmée** demain. ➜ ....

Pose la question « **qui est-ce qui... ?** » ou « **qu'est-ce qui... ?** » pour trouver le sujet.

3 Conjugue les verbes au présent, après avoir indiqué dans les parenthèses par quel pronom tu peux remplacer le sujet.

1. Mon pantalon et ma veste (..............) (être) .... sales.
2. Marina et moi (..............) (aimer) .... chanter ensemble.
3. Pourquoi Yann et toi (..............) (revenir) .... si tard ?

4 Souligne le sujet puis conjugue les verbes au présent.

1. Au bord de la plage (apparaitre) .... un château gonflable.
2. Clément et David l' (atteindre) .... en courant.
3. Ils (trépigner) .... , (s'impatienter) .... , et le (prendre) .... d'assaut dès que deux places (se libérer) ....
4. Sauter d'un bord à l'autre les (intéresser) .... beaucoup.
5. Trente minutes plus tard, l'animateur, malgré toute sa bonne volonté, (avoir) .... bien du mal à les faire descendre.

Pour connaitre la suite de l'histoire...

FAIS MAINTENANT LA DICTÉE 12 hatier-clic.fr/chdcm212

CONSEILS PARENTS

En respectant cet ordre, faites :
- entourer les verbes conjugués ;
- chercher les sujets en posant la question « **qui est-ce qui ?** » et les souligner ;
- vérifier les accords sujet-verbe.

Corrigés et dictée p. I-II-III-IV

13

ORTHOGRAPHE GRAMMATICALE

L'accord du participe passé avec être et avoir

CONSEILS PARENTS

Trouvez ensemble d'autres participes passés, qu'ils soient employés comme adjectifs, ou conjugués avec les auxiliaires **être** et **avoir**.

- Le participe passé employé sans auxiliaire s'accorde, comme un adjectif qualificatif, avec le nom auquel il se rapporte :

  les oiseaux envolés.
  participe passé

- Le participe passé employé avec l'auxiliaire **être** s'accorde en genre et en nombre avec le sujet du verbe :

  Les oiseaux migrateurs (sujet) sont (aux. être) partis (p. passé).

- Le participe passé employé avec l'auxiliaire **avoir** ne s'accorde **jamais** avec le sujet du verbe :

  Ils (sujet) ont (aux. avoir) décidé (p. passé) de partir.

Lis le texte

LA TOUR EIFFEL SANS ASCENSEUR

Brice fait un reportage sur la tour Eiffel pour *Téléjunior*.
Il a rassemblé des informations sur sa construction : en 1889, l'Exposition universelle a eu lieu en France.
On a confié à Gustave Eiffel le soin de réaliser une œuvre qui symbolise la puissance d'un pays.
En 1886, c'est son projet qu'on a retenu.
On a creusé les fondations, on a assemblé des poutrelles métalliques pour former une structure qui s'est élevée peu à peu jusqu'à 317 mètres de hauteur.
Quand les touristes sont arrivés par milliers, ils ont été impressionnés.
La tour Eiffel est devenue un monument mondialement connu mais à une époque on a parlé de la démolir.
Aujourd'hui, Brice nous la fait visiter…

PRÉPARE TA DICTÉE !

1 **Classe deux participes passés du texte dans chaque colonne.**

auxiliaire **être** : le PP s'accorde avec le sujet	auxiliaire **avoir** : le PP ne s'accorde pas avec le sujet
....	....
....	....

Souligne le ou les mots au (x) quel (s) se rapporte chaque participe passé.

2 **Encadre et accorde les participes passés.**

une lampe (allumer) .... des journaux (vendre) ....

des jouets (casser) .... une leçon (apprendre) ....

des fleurs (sécher)........................ des actions (réussir) ....

3 **Coche les phrases avec une faute au participe passé et corrige-les.**

☐ Les montgolfières ont toutes décollé en même temps.

....

☐ Les ascenseurs sont définitivement bloqué.

....

Souligne les auxiliaires être et avoir **avant** d'accorder le participe passé quand c'est nécessaire.

☐ Pourquoi est-elle sélectionné pour ce casting et pas moi ?

....

☐ Célestine n'a jamais finie un devoir à l'heure !

....

4 **Accorde les participes passés si nécessaire.**

1. Jérémy et Baptiste se sont aperçu ...... de leur erreur.
2. « Cette année, je me suis inscrit ...... à un cours d'arts martiaux », dit Eva.
3. Il a abandonné ...... la course avant l'arrivée.
4. Ces lettres écrit ...... il y a plus de deux siècles sont devenu ...... des documents historiques. 5. Les invités ont dévoré ...... la bûche préparé ...... par le pâtissier.

N'oublie pas que le **participe passé** employé avec l'auxiliaire **être s'accorde en genre et en nombre** !

Pour connaître la suite de l'histoire...

FAIS MAINTENANT LA DICTÉE 13 hatier-clic.fr/chdcm213

CONSEILS PARENTS

En respectant cet ordre, faites :
- souligner les participes passés ;
- entourer les auxiliaires **être** et **avoir** ;
- vérifier que le participe passé est correctement accordé en fonction de l'auxiliaire.

CORRIGÉS ET DICTÉE P. I-II-IV

☐ ☐ ☐

14

CONJUGAISON

Présent

CONSEILS PARENTS

Demandez à votre enfant d'identifier le groupe des verbes.
Faites-lui mémoriser les terminaisons des verbes selon le groupe, et s'entrainer à l'oral en donnant les terminaisons.

• Au présent, les verbes du 1er et du 2e groupe prennent les terminaisons :
1er groupe : **e**, **es**, **e**, **ons**, **ez**, **ent**.
2e groupe : **is**, **is**, **it**, **issons**, **issez**, **issent**.

• **Attention !** Certains verbes du 1er groupe comportent quelques pièges :
– verbes en **cer** : je lance, nous lançons.
– verbes en **ger** : je mange, nous mangeons.
– verbes en **yer/ayer** : j'appuie, nous appuyons / je balaie ou je balaye.
– verbes en **eler/eter**. Ils doublent la consonne devant un **e** muet :
j'appelle, nous appelons / je jette, nous jetons
(sauf il gèle, il pèle, il achète, il décèle).

• Les verbes du 3e groupe prennent le plus souvent les terminaisons :
s - **s** - **t** - **ons** - **ez** - **ent**.
– vivre : je vis, tu vis, il vit, nous vivons, vous vivez, elles vivent.
– pouvoir : je peux, tu peux, elle peut, nous pouvons, vous pouvez, ils peuvent.
– vendre : je vends, tu vends, il vend, nous vendons, vous vendez, ils vendent.

• **Attention !** De nombreux verbes du 3e groupe ont le radical qui se modifie :
être : *je suis* / avoir : *j'ai* / aller : *je vais* / venir : *je viens* / devoir : *je dois*.

Lis le texte

NADIR DÉCOUVRE LA PLONGÉE

Nadir et *Téléjunior* suivent un groupe d'enfants qui font de la plongée sous-marine en Guadeloupe. Ils mettent leurs combinaisons et portent les bouteilles et les palmes jusqu'au bateau. Ils se hissent à bord et l'on part aussitôt.
Pendant le trajet, Nadir les questionne :
« Depuis quand pratiquez-vous ce sport ?
– Nous plongeons depuis une semaine et nous accomplissons des progrès tous les jours ! »
Le moniteur rappelle les consignes.
« Dans l'eau, vous ne pouvez vous faire comprendre que si vous faites les signes que je vous ai appris. »
Ils sont arrivés…

PRÉPARE TA DICTÉE !

1 Classe les verbes conjugués au présent dans le texte (3 maximum par colonne).

3ᵉ pers. du sing.	1ʳᵉ pers. du plur.	2ᵉ pers. du plur.	3ᵉ pers. du plur.
....	....	....	....
....	....	....	....
....	....	....	....

2 Écris le (ou les) pronom(s) qui convien(nen)t.

.... achète .... apercevez .... cueillent

.... descendons .... épelle .... sort

.... reçois .... rugissons .... crois

.... prennent .... jette .... déplaçons

3 Conjugue la phrase à la personne du singulier ou du pluriel correspondante.

1. **J'atteins** la rive et **je me repose**.

→ Nous ....

2. **Tu feuillettes** une revue puis **tu** la **rejettes** sur le canapé.

→ ....

3. **Elles viennent** d'apercevoir une étoile de mer.

→ ....

Transforme les phrases à voix haute avec le nouveau sujet avant de les écrire.

4 Conjugue les verbes au présent.

1. Mes parents (céder) .... toujours tout à mon frère !
2. J' (apprendre) .... mais je ne (comprendre) .... pas.
3. Quand (finir) .... -elle son séjour en Espagne ?
4. Nous (voir) .... des constellations dans le ciel ce soir.
5. Tu (devoir) .... préparer un exposé.
6. Vous (paraitre) .... ravis du spectacle.

Lis à voix haute chaque phrase avant d'écrire le verbe demandé.

Pour connaitre la suite de l'histoire...

FAIS MAINTENANT LA DICTÉE 14 hatier-clic.fr/chdcm214

CONSEILS PARENTS

En respectant cet ordre, faites :
- entourer les verbes conjugués ;
- souligner les sujets en posant la question « **qui est-ce qui ?** » ;
- vérifier la terminaison des verbes au présent.

CORRIGÉS ET DICTÉE P. II-IV

15

CONJUGAISON

Futur

CONSEILS PARENTS

Trouvez ensemble d'autres verbes des trois groupes à conjuguer au futur.
Faites mémoriser les terminaisons, et s'entrainer à l'oral à conjuguer.

• Au futur simple, les verbes du 1er groupe et du 2e groupe s'écrivent tous avec l'**infinitif du verbe + les terminaisons** :

ai - as - a - ons - ez - ont.

Je jouer**ai**, tu jouer**as**, il jouer**a**, nous jouer**ons**, vous jouer**ez**, elles jouer**ont**.
Je surgir**ai**, tu surgir**as**, elle surgir**a**, nous surgir**ons**, vous surgir**ez**, ils surgir**ont**.

• Certains verbes du 3e groupe conservent l'infinitif comme radical, d'autres le modifient ; tous prennent les mêmes terminaisons.

écrire	aller	être	avoir
j'écrir**ai** tu écrir**as** elle écrir**a** nous écrir**ons** vous écrir**ez** ils écrir**ont**	j'ir**ai** tu ir**as** elle ir**a** nous ir**ons** vous ir**ez** elles ir**ont**	je ser**ai** tu ser**as** il ser**a** nous ser**ons** vous ser**ez** ils ser**ont**	j'aur**ai** tu aur**as** on aur**a** nous aur**ons** vous aur**ez** elles aur**ont**

Lis le texte

UN TIR DE LA FUSÉE ARIANE

Maï-Lihn visite la base de Kourou en Guyane, accompagnée des caméras de *Téléjunior*. Elle interroge Justin Tireaubut, responsable du prochain lancement de la fusée Ariane 5.

« Quel avenir pour l'exploitation spatiale ?

– Pendant des années, nous continuerons à lancer des satellites grâce à la fusée européenne Ariane 5. D'autres pays comme la Chine, la Russie, les États-Unis en feront autant. Les Américains enverront des hommes sur la planète Mars. Un jour peut-être, des hommes vivront sur une autre planète, mais ce sera très long…

– Pourrons-nous assister au prochain tir d'Ariane 5 ?

– Bien sûr, lorsque la fusée sera prête, nous la sortirons sur le pas de tir. Nous vous préviendrons et vous aurez le temps de revenir pour assister à cet événement… »

PRÉPARE TA DICTÉE !

1 Relève les verbes conjugués au futur dans le texte (3 maximum par colonne).

3e pers. du sing.	1re pers. du plur.	2e pers. du plur.	3e pers. du plur.
....	....	....	....
....	....	....	....
....	....	....	....

2 Relie sujet et verbe par des flèches.

tu •	• viendront	elle •	• ferai
nous •	• auras	vous •	• décollera
ils •	• vérifierons	je •	• pourrez

3 Conjugue les verbes au futur.

- voir — tu .... vous .... elles ....
- propulser — il .... nous .... ils ....
- savoir — tu .... elle .... vous ....

Prononce à voix haute le verbe conjugué au futur **avant** de l'écrire.

4 Écris les phrases au futur avec un indicateur de temps.

Exemple : Demain, je (partir) partirai pour le Kenya.

1. ...., il (commencer) .... son stage de surf.
2. ...., nous (regarder) .... un film policier.
3. ...., vous (aller) .... à la patinoire.

Transforme à voix haute chaque phrase avant de l'écrire.

5 Récris au futur.

1. J'**invite** mes amis à manger une fondue : il **faut** tout préparer.

....

2. Nous **passons** un bon moment : celui qui **perd** son pain **a** un gage !

....

Pour connaître la suite de l'histoire...

FAIS MAINTENANT LA DICTÉE 15 hatier-clic.fr/chdcm215

CONSEILS PARENTS

En respectant cet ordre, faites :
- entourer les verbes conjugués ;
- souligner les sujets en posant la question « qui est-ce qui ? » ;
- vérifier la terminaison des verbes au futur.

CORRIGÉS ET DICTÉE P. II-IV

CONJUGAISON

16 Imparfait

À l'imparfait, tous les verbes prennent les mêmes terminaisons :

	1er groupe	2e groupe	3e groupe
ais	j'achet**ais**	je bondiss**ais**	je conduis**ais**
ais	tu achet**ais**	tu bondiss**ais**	tu conduis**ais**
ait	il achet**ait**	il bondiss**ait**	il conduis**ait**
ions	nous achet**ions**	nous bondiss**ions**	nous conduis**ions**
iez	vous achet**iez**	vous bondiss**iez**	vous conduis**iez**
aient	ils achet**aient**	ils bondiss**aient**	ils conduis**aient**

Attention ! Les seules difficultés concernent les verbes du 1er groupe :
- verbe en **cer** : je tra**ç**ais
- verbe en **ger** : tu rang**e**ais
- verbe en **ier** : vous pl**ii**ez
- verbe en **yer** : nous bala**yi**ons

Astuce : prendre le radical du verbe conjugué au présent, à la 1re personne du pluriel + la terminaison de l'imparfait : nous traç/**ons** ➜ je traç/**ais**.
Sauf le verbe **être** : nous sommes ➜ nous étions.

CONSEILS PARENTS

Avec je, tu, il/elle, ils/elles ; entrainez votre enfant à prononcer systématiquement les terminaisons des verbes avec le son « **è** ».
D'après le 3e point de la leçon, faites-lui remarquer que seul le verbe **être** ne peut pas être formé suivant l'astuce proposée !

Lis le texte

IL ÉTAIT UNE FOIS… LE 6 JUIN 1944

« Ici Paul, envoyé spécial de *Téléjunior* sur les plages de Normandie pour l'anniversaire du débarquement des Alliés. Colonel Mac Gregor, pourquoi ce débarquement le 6 juin 1944 ?

– En 1944, l'armée allemande subissait des revers en Russie et en Afrique. Entrés en guerre en 1941, après l'attaque de Pearl Harbor par les Japonais, les Américains préparaient, avec les Anglais et les forces libres des pays occupés, une formidable opération militaire : l'opération *Overlord* qui devait marquer le début de la reconquête de l'Europe.

– Voici le capitaine Brownson, racontez-nous s'il vous plait !

– Nous nous entrainions dur depuis des semaines et nous savions que le débarquement n'allait pas tarder. Enfin, dans la nuit du 5 au 6 juin, on nous embarqua sur un vieux bâtiment de la marine marchande.
Avec ce temps exécrable, nous avions tous le mal de mer.
La traversée de la Manche paraissait interminable mais le pire était à venir… »

PRÉPARE TA DICTÉE !

1 Classe les verbes conjugués à l'imparfait dans le texte.

1er groupe	2e groupe	3e groupe (sauf les auxiliaires)
....	....	....
....	....	....
....	....	....

2 Relie les verbes conjugués au présent et à l'imparfait.
Sépare le radical de la terminaison.

Présent	Imparfait
nous éteign/ons	je déplaçais
nous déplaçons	tu éteign/ais
nous réfléchissons	ils réfléchissaient

Présent	Imparfait
nous croyons	ils faisaient
nous faisons	ils fonçaient
nous fonçons	nous croyions

3 Observe et fais de même.

- tu plongeais (manger) tu ....
- elle lançait (tracer) elle ....
- nous criions (mendier) nous ....
- vous payiez (nettoyer) vous ....
- nous oubliions (supplier) nous ....
- vous gagniez (signer) vous ....

Relis attentivement le 2e point de la règle avant de faire cet exercice.

4 Écris à l'imparfait. Nuit d'Halloween

1. Nous nous déguisons/........................ en sorcières, squelettes, fantômes.
2. Nous mangeons/........................ un gâteau à la citrouille.
3. Nous chantons/........................ à tue-tête dans la rue annonçant notre arrivée.
4. Nous menaçons/........................ les habitants pour obtenir des bonbons !
5. Nous jetons/.............. des sorts à ceux qui n'ont/.............. aucune friandise pour nous.
6. Finalement, nous partageons/........................ notre butin !

Transforme à voix haute chaque phrase du texte avant de l'écrire.

Pour connaître la suite de l'histoire...

FAIS MAINTENANT LA DICTÉE 16 hatier-clic.fr/chdcm216

CONSEILS PARENTS

En respectant cet ordre, faites :
- entourer les verbes conjugués ;
- souligner les sujets en posant la question « **qui est-ce qui ?** » ;
- vérifier la terminaison des verbes à l'imparfait.

CORRIGÉS ET DICTÉE P. II-IV

17

CONJUGAISON

Passé simple

• Au passé simple, les verbes du **1er** et du **2e groupe** prennent toujours les terminaisons suivantes :
1er groupe : je rêv**ai**, tu rêv**as**, elle rêv**a**, nous rêv**âmes**, vous rêv**âtes**, ils rêv**èrent**.
2e groupe : je surg**is**, tu surg**is**, il surg**it**, nous surg**îmes**, vous surg**îtes**, elles surg**irent**.

• Les verbes du **3e groupe** se terminent par :

prendre	vouloir	venir
je pr**is** tu pr**is** il/elle/on pr**it** nous pr**îmes** vous pr**îtes** ils/elles pr**irent**	je voul**us** tu voul**us** il/elle/on voul**ut** nous voul**ûmes** vous voul**ûtes** ils/elles voul**urent**	je v**ins** tu v**ins** on v**int** nous v**înmes** vous v**întes** elles v**inrent**

Remarque : c'est un temps utilisé surtout à l'écrit, très peu à l'oral, en particulier les 1re et 2e personnes du pluriel !

CONSEILS PARENTS

Votre enfant doit mémoriser les terminaisons (des verbes des 1er et 2e groupes, 3e groupe : faire, aller, dire, venir, voir, vouloir, prendre) et s'entrainer à l'oral en les épelant. À l'aide du mémo de conjugaison sur le rabat de ce cahier, faites-lui réviser les verbes **être** et **avoir** au passé simple.

Lis le texte

L'ÉRUPTION DE LA MONTAGNE PELÉE

Maï-Lihn enquête pour *Téléjunior* sur l'éruption de la montagne Pelée, ce volcan de la Martinique qui anéantit la ville de Saint-Pierre en 1902. Elle a retrouvé le témoignage d'un habitant de Fort-de-France qui en fit le récit à l'époque :

« Nous déjeunions en notre résidence de Fort-de-France quand un grondement nous parvint, suivi d'un fort tremblement qui secoua les couverts et le mobilier. Nous nous regardâmes éberlués et je m'interrogeai sur les causes de ce phénomène. Je sortis sur la terrasse et je vis du côté de Saint-Pierre un gigantesque panache de fumée noire. Je craignis le pire pour la population de cette ville.

On me raconta par la suite ce qui s'était passé… »

PRÉPARE TA DICTÉE !

1 **Classe dans le tableau les verbes du texte conjugués au passé simple.**

1er groupe	2e groupe	3e groupe
....	....	....
....	....	....
....	....	....

Surligne avant les verbes conjugués au passé simple dans le texte.

2 **Relie les verbes conjugués à leur infinitif.**

elle projeta •	• survivre •	• nous projetâmes
je me précipitai •	• projeter •	• nous eûmes
il survécut •	• se précipiter •	• ils survécurent
tu eus •	• avoir •	• ils se précipitèrent

3 **Écris les verbes suivants au passé simple.**

- réunir → tu .... nous .... ils ....
- être → je .... elle .... vous ....
- vendre → tu .... nous .... elles ....
- devenir → je .... tu .... vous ....
- vouloir → elle .... nous .... ils ....

4 **Conjugue les phrases avec le nouveau sujet.**

1. **J'écrivis** une longue lettre à mon meilleur ami.

Elle..

2. **Nous décidâmes** de rebrousser chemin.

Ils..

3. **Il vint** les bras chargés de cadeaux.

Nous..

4. **Tu visitas** Rome sans guide et **perdis** beaucoup de temps.

Je ....

Transforme les phrases à l'oral avec le nouveau sujet, avant de les écrire.

Pour connaître la suite de l'histoire...

FAIS MAINTENANT LA DICTÉE 17 hatier-clic.fr/chdcm217

CONSEILS PARENTS

En respectant cet ordre, faites :
- entourer les verbes conjugués ;
- souligner les sujets en posant la question « qui est-ce qui ? » ;
- vérifier la terminaison des verbes au passé simple.

CORRIGÉS ET DICTÉE P. II-IV

18

CONJUGAISON

Les temps composés

CONSEILS PARENTS

« Un temps composé est, comme son nom l'indique, **composé de deux mots.** » Choisissez des verbes utilisant les deux auxiliaires, puis conjuguez-les avec votre enfant au passé composé et au plus-que-parfait.

- Au passé composé, le verbe est composé de deux mots :

Il	**a**		démarr**é**.
Elle	**est**		part**ie**.
	aux. être ou avoir au présent	**+**	**le participe passé du verbe**

- Aux autres temps composés, le verbe est également composé de deux mots :
– plus-que-parfait : auxiliaire à l'imparfait + participe passé du verbe
Il **avait** démarr**é**. Elles **étaient** part**ies**.

- Avec l'auxiliaire **avoir**, le participe passé ne s'accorde **jamais** avec le sujet. Avec l'auxiliaire **être**, le participe passé s'accorde en genre et en nombre avec le sujet.

Lis le texte

DANS L'ENFER DE VERDUN

Le professeur Hans Stenla reçoit Paul pour *Téléjunior*. Aujourd'hui, il nous parle de la Première Guerre mondiale.

« … très rapidement, le front s'était stabilisé. Les armées ont alors creusé des tranchées face à face. Quand la pluie est arrivée, les soldats ont pataugé dans la boue, ils ont eu faim et froid mais ils ont continué à se protéger dans ces trous contre les tirs d'obus. De temps en temps, on leur a donné l'ordre de partir à l'assaut, alors ils se sont jetés sous la mitraille. Ils ont souvent dû battre en retraite. Parfois, quand ils avaient pris la tranchée adverse, les ennemis s'étaient repliés dans une tranchée de secours et il fallait recommencer. Cela dura des années ! La bataille de Verdun fut particulièrement terrible.

On m'a confié le carnet d'un jeune soldat allemand qui y a participé, voici ce qu'il raconte : "… Les bruits sourds que nous avions entendus la veille ont recommencé. Nous avons alors compris que les Français avaient décidé de faire exploser notre tranchée…" »

PRÉPARE TA DICTÉE !

1 **Relève dans le texte les verbes conjugués aux temps composés et classe-les.**

passé composé	plus-que-parfait
....	....
....	....
....	....

2 **Relie le passé composé et le plus-que-parfait d'un verbe. Entoure les participes passés accordés avec le sujet.**

Il a fallu •	• il avait ordonné
Il a ordonné •	• nous étions allés
Nous sommes allés •	• elle était arrivée
Elle est arrivée •	• vous étiez habillées
elles ont choisi •	• il avait fallu
Vous êtes habillées •	• elles avaient choisi

Observe et entoure l'auxiliaire **être** dans chaque verbe conjugué

3 **Écris les deux phrases au passé composé et au plus-que-parfait.**

présent :	Brutus dévore la souris.	Laura part à Londres.
passé composé :	Brutus .... dévoré la souris.	Laura .... partie à Londres.
plus-que-parfait :	Brutus ...... dévoré la souris.	Laura .... partie à Londres.

4 **Écris les verbes aux temps demandés.**

1. passé composé – Dès qu'elle (finir) .... son dernier morceau, les spectateurs se lèvent pour applaudir.
2. plus-que-parfait – Le chirurgien se désinfectait les mains dès qu'il (opérer) .... son patient.
3. plus-que-parfait – Quand Pauline était petite, elle (aller) .... vivre au Mexique avec sa famille.
4. passé composé – Les enfants décorent le sapin que leurs parents (acheter) .... la veille.

Conjugue à voix haute chaque phrase avant d'écrire le verbe.

Pour connaitre la suite de l'histoire...

FAIS MAINTENANT LA DICTÉE 18 hatier-clic.fr/chdcm218

CONSEILS PARENTS

En respectant cet ordre, faites :
entourer les verbes conjugués ;
souligner les sujets en posant la question « **qui est-ce qui ?** » ;
vérifier l'accord du participe passé avec le sujet quand c'est nécessaire.

CORRIGÉS ET DICTÉE P. II-IV

CONJUGAISON

19 Impératif présent

CONSEILS PARENTS

Choisissez des verbes des trois groupes et amusez-vous à échanger des « ordres » et des « conseils » en vous inspirant des situations de votre vie quotidienne. Indiquez à votre enfant que tous les conseils du cahier sont rédigés à l'impératif présent.

• À l'impératif, le verbe ne se conjugue qu'à 3 personnes, sans sujet écrit :

marche	marchons	marchez
2e pers du singulier	1re pers du pluriel	2e pers du pluriel

Les terminaisons sont **e** ou **s**, **ons**, **ez**.

– **e** pour les verbes du 1er groupe et pour les verbes offrir, cueillir, souffrir, savoir, ouvrir : Ouvr**e** !

– **s** pour les autres verbes : Vien**s** !

• **À savoir :**

être	avoir	aller
sois soyons soyez	aie ayons ayez	va allons allez

• **Attention !** Quand un verbe se terminant par un **e** à la 2e pers du sing. est suivi de **y** ou **en**, on ajoute un **s** pour faciliter la prononciation :

Ajoute**s-en**.

Lis le texte

RESPECTE LE CODE DE LA ROUTE !

« Ici Nadir de *Téléjunior*, pour notre émission *Sécurité sur la route*. Boris, que voici, va effectuer pour nous en vélo son trajet habituel jusqu'à son école. Il sera équipé d'un casque avec mini-caméra, écouteurs et micro. Avant son départ, voici quelques conseils de l'équipe :

1. Vérifie les freins et les pneus.
2. Contrôle aussi l'éclairage, le dérailleur…

– Tu es prêt Boris ? N'oublie pas ton casque surtout ! Bon, vas-y !
Suivons son parcours à l'écran.
– Boris, fais attention ! Ne roule pas sur le trottoir ! Reviens sur la chaussée !
– Bon, c'est mieux ! Ne double pas à droite, c'est dangereux et interdit.
Tends le bras pour signaler que tu tournes ! Voilà ! La grande descente maintenant.
Qu'est-ce que tu fais ? »

PRÉPARE TA DICTÉE !

1 Relève et classe les verbes du texte à l'impératif.

2e pers. du sing.	1re pers. du plur.	2e pers. du plur.
....	....	....
....	....	....
....	....	....
....	....	....

2 Relie les verbes conjugués à leur infinitif.

fais •	• faire •	• ralentissons
sois •	• avancer •	• soyez
ralentis •	• être •	• faites
avancez •	• ralentir •	• avance

3 Conjugue les verbes à l'impératif à la personne demandée.

1. aller au concert (2e pers. plur.) : ....
2. conduire prudemment (2e pers. sing.) : ....
3. envoyer la balle (2e pers. sing.) : ....
4. offrir des fleurs (1re pers. plur.) : ....
5. manger plus lentement (2e pers. plur.) : ....

Prononce à voix haute le verbe conjugué à l'impératif présent **avant** de l'écrire

4 Conjugue les verbes entre parenthèses à la personne qui convient.

1. (choisir) .... un sujet qui t'intéresse, (chercher) .... des informations et (présenter) .... ton exposé à la classe.
2. Si tu préfères les pays chauds, (aller) .... -y !
3. (raccourcir) .... nos étapes, elles sont trop longues.
4. Vous êtes fatigués, (refuser) .... cette invitation !
5. Ce dessert ne sent pas suffisamment la vanille, (ajouter) .... -en un peu plus.

Dans chaque phrase, cherche l'indice qui te permet de trouver à quelle personne tu dois conjuguer le(s) verbe(s).

Pour connaître la suite de l'histoire...

FAIS MAINTENANT LA DICTÉE 19 hatier-clic.fr/chdcm219

CONSEILS PARENTS

Faites entourer les verbes à l'impératif.
Faites vérifier la terminaison de ces verbes à l'impératif présent.

CORRIGÉS ET DICTÉE P. II-IV

CONJUGAISON

20 Conditionnel présent

CONSEILS PARENTS

Choisissez des verbes des trois groupes et amusez-vous à les conjuguer avec votre enfant au conditionnel présent en commençant les phrases par : « **si j'/tu étais** [...] », je/tu/elle/nous/vous/ils....+ verbe au conditionnel présent.

• Au conditionnel présent, les verbes ont le même radical qu'au futur + les terminaisons de l'imparfait :

	1er groupe	2e groupe	3e groupe
ais	j'avancer**ais**	je finir**ais**	je tiendr**ais**
ais	tu avancer**ais**	tu finir**ais**	tu tiendr**ais**
ait	il avancer**ait**	il finir**ait**	il tiendr**ait**
ions	nous avancer**ions**	nous finir**ions**	nous tiendr**ions**
iez	vous avancer**iez**	vous finir**iez**	vous tiendr**iez**
aient	ils avancer**aient**	ils finir**aient**	ils tiendr**aient**

À savoir : être ➜ je ser**ais** avoir ➜ j'aur**ais**

• On trouve en général un verbe conjugué au conditionnel présent dans une phrase où la condition est exprimée à l'imparfait.
Si j'ét**ais** plus souple, je fer**ais** de l'escalade.
imparfait **conditionnel présent**

Lis le texte

LA VILLE DE NOS RÊVES

Suzann et les caméras de *Téléjunior* rencontrent les enfants de la classe de CM2 de Villiers-le-Bel. Autour d'une maquette du village, la discussion s'engage.
« Aimeriez-vous vivre dans une grande ville ?
– Oui ! On pourrait facilement aller à la piscine ou à la patinoire !
– On aurait le choix pour les cinémas !
– On ferait du roller sur les trottoirs.
– Moi, je souffrirais du manque de verdure.
– Tu regretterais les champs et la forêt ?
– Oui, nous ne pourrions plus faire nos randonnées en VTT.
Nous ne déjeunerions plus dehors dès les premiers beaux jours.
– Mais nos parents travailleraient moins loin ! Ils rentreraient plus tôt le soir !
– Et le week-end, on prendrait la voiture et l'on subirait les embouteillages au retour…
– Imaginez la grande ville de vos rêves », demande Suzann.

PRÉPARE TA DICTÉE !

1 Relève dans le texte les 12 verbes conjugués au conditionnel présent.

....

....

....

2 Complète avec un pronom qui convient.

.... serais	.... prendraient	.... jouerions
.... ferait	.... imagineriez	.... pourraient
.... devriez	.... écouterais	.... grandirait

3 Écris les verbes entre parenthèses au conditionnel présent.

1. Pour Noël, les enfants (préférer) .... une surprise.
2. Tu (courir) .... plus vite si tu t'entrainais.
3. Est-ce que vous (pouvoir) .... crier moins fort ?
4. J'(avoir) .... moins mal aux yeux avec mes lunettes.
5. Dans une grande maison, nous (inviter) .... plus d'amis.

Conjugue les phrases à l'oral avant d'écrire les verbes.

4 Transforme les phrases comme dans l'exemple.

Exemple : Si la météo **est** bonne, nous **partirons** en excursion dans les îles.
→ Si la météo **était** bonne, nous **partirions** en excursion dans les îles.

1. Si le boulanger ferme sa boutique, il faudra acheter le pain ailleurs.

....

2. Si je suis malade lundi, je n'irai pas en classe.

....

3. Si tu lis beaucoup, tu seras très fort en orthographe !

....

4. Si vous dansez toute la nuit, vous dormirez toute la journée du lendemain.

....

Repère et souligne les verbes conjugués dans la phrase de départ.

Pour connaitre la suite de l'histoire…

FAIS MAINTENANT LA DICTÉE 20 hatier-clic.fr/chdcm220

CONSEILS PARENTS

En respectant cet ordre, faites :
- entourer les verbes conjugués ;
- souligner les sujets en posant la question « **qui est-ce qui ?** » ;
- vérifier la terminaison des verbes au conditionnel présent.

CORRIGÉS ET DICTÉE P. II-IV

Bilan

Vers la 6e…

➡ Coche les bonnes réponses.

1 méchant • vaillant • élégant • nonchalant
☐ amment ☐ emment

2 dict..... • port..... • cuiller..... • brass..... • pellet.....
☐ é ☐ ée

3 Ces ..... sont très sucrées. ☐ dates ☐ dattes

4 retar..... • débrouillar..... • renar..... • profon.....
☐ d ☐ t

5 faut..... • écur..... • d..... • s.....
☐ euil ☐ euille

6 Ils ..... comprennent rien ! ☐ ni ☐ n'y

7 Elles sont ..... talentueuses. ☐ si ☐ s'y

8 On ..... fera la surprise. ☐ leur ☐ leurs

9 Le climat est ..... même très perturbé.
☐ quand ☐ quant ☐ qu'en

10 Prenons le temps de réfléchir avant ..... arriver là.
☐ dans ☐ d'en

11 Il est ..... domicile depuis quelques mois.
☐ sans ☐ s'en

12 Il faut ..... apprennent à danser le tango.
☐ quel(s) ☐ quelle(s) ☐ qu'elle(s)

13 Nous serons toujours ..... pour toi.
☐ la ☐ là ☐ l'a

14 ..... a beaucoup de chance ! ☐ On ☐ On n'

15 Les chatt..... frileus..... se sont réfugié..... près du feu de bois. ☐ e ☐ es

16 Coche la bonne orthographe. ☐ des yeux vert clair ☐ des yeux verts clairs

17 Coche la bonne orthographe.
☐ des ouvre-boites ☐ des ouvres-boites

18 Germain, Astrid et moi ..... dans un groupe.
☐ chantons ☐ chantez ☐ chantent

19 Avez-vous ..... les cloches sonner aujourd'hui ?
☐ entendu ☐ entendus ☐ entendues

20 balançons • relayons • achetons • devenons • nageons
☐ nous ☐ ils

21 deviendrai • serai • pourrai • négocierai
☐ je ☐ elle

22 plaçait • songeait • fléchissait • voulait
☐ tu ☐ il

23 compris • décidas • voulus • devins
☐ tu ☐ elle

24 a disparu • avait attrapé • était partie • est arrivée
☐ il ☐ elle

25 ..... toi de venir à table ! ☐ Dépêche ☐ Dépêches

26 feraient • agiraient • voudraient • liraient
☐ il ☐ ils

1. méch**amment** - vaill**amment** - élég**amment** - nonchal**amment** ; **2.** dict**ée** - port**ée** - cuiller**ée** - brass**ée** - pellet**ée** ; **3.** dattes ; **4.** retar**d** - débrouillar**d** - renar**d** - profon**d** ; **5.** faut**euil** - écur**euil** - d**euil** – s**euil** ; **6.** n'y ; **7.** si ; **8.** leur ; **9.** quand ; **10.** d'en ; **11.** sans ; **12.** qu'elle(s) ; **13.** là ; **14.** On ; **15.** chatt**es** – frileus**es** - réfugié**es** **16.** des yeux vert clair ; **17.** des ouvre-boites ; **18.** chantons ; **19.** entendu ; **20.** nous ; **21.** je ; **22.** il ; **23.** tu ; **24.** elle ; **25.** Dépêche ; **26.** ils.

© Hatier, 8 rue d'Assas, 75006 Paris. 2022. ISBN : 978-2-401-08451-3

Conception graphique : Studio Favre et Lhaïk • Édition : Imaginemos • Mise en page : Nadine Aymard • Illustrations : Pascal Gauffre • Chouettes : Patrick Morize

Achevé d'imprimer en France par IPS à Pacy-sur-Eure

Dépôt légal n°08451-3/01 - Mars 2022

PAPIER À BASE DE FIBRES CERTIFIÉES

Hatier s'engage pour l'environnement en réduisant l'empreinte carbone de ses livres. Celle de cet exemplaire est de : 250 g éq. CO_2 Rendez-vous sur www.hatier-durable.fr

IMPRIM'VERT Votre imprimeur agit pour l'environnement